Einaudi Ragazzi

Storie e rime

190

Collana diretta da Orietta Fatucci

ISBN 88-7926-434-6

Beatrice Masini

Olga in punta di piedi

Illustrazioni di Serena Riglietti

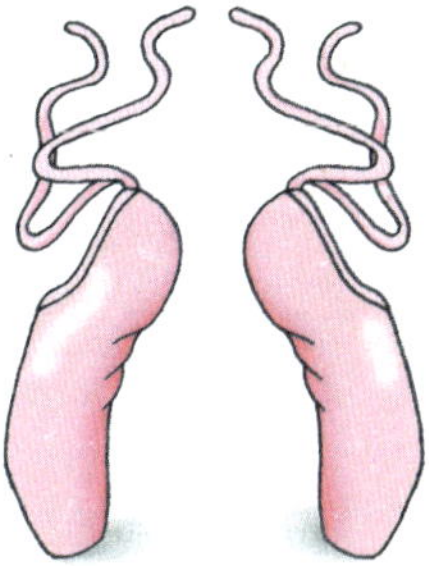

Einaudi Ragazzi

Olga in punta di piedi

Dai, muoviti

– Dai, muoviti. Via quei jeans. Sono cosí sporchi che stanno in piedi da soli. Adesso fila, vai a lavarti le mani. Anche i piedi. Anzi, fatti una bella doccia. Senza i capelli però, non ho tempo di asciugarteli.

Olga guarda la mamma, stupefatta. L'ha chiamata dal cortile cosí, in tutta fretta, e lei ha dovuto lasciare a metà una partita di palla prigioniera. La sua squadra stava vincendo. Ma il tono della mamma quando si è affacciata alla finestra strillando il suo nome era di quelli che non cedono alle suppliche. E che non ammettono repliche. E che non rispondono alle domande.

– Traditrice, – le ha sibilato Clemente mentre lei gli passava accanto correndo verso la scala. Scherzava. Scherzava?

– Allora, hai finito?

Olga esce dalla doccia stampando con soddisfazione grosse orme bagnate sulle piastrelle. Se ha tanta fretta, non pretenderà anche che io stia attenta.

E infatti. La mamma ignora la scia lucida che dilaga fin sul parquet e anche la cintura dell'accappatoio completamente inzuppata che scivola dietro a Olga come la coda di un cane depresso.

Sul letto è disteso il vestito delle feste di compleanno, a fiori piccoli con il colletto bianco rotondo, il nastro da legare dietro a fiocco e una distesa di piegoline sul davanti fermata da minuti ricami di roselline gialle. Lo infila senza battere ciglio sopra la biancheria carina, quella col pizzetto. Trattiene il respiro mentre la mamma glielo allaccia. Bene, comincia ad andarle stretto. Forse se ne potrà liberare, finalmente. Ma intanto…

Intanto la mamma le tira i capelli umidi con la spazzola per torcerli in due trecce strettissime, del genere che lei odia perché le lasciano scoperte le orecchie che si vede spaventosamente a sventola.
– Mi fai male, ahia, – geme Olga cercando di ritrarsi.

– Se non stai ferma te ne faccio di piú, – ribatte la mamma, come al solito. Sulle trecce ha le sue idee. E anche sulle orecchie a sventola.

Dopo, sul tram preso al volo con una corsa che le ha lasciate entrambe senza fiato, dopo ancora, a respiro tornato regolare, posti presi e biglietti timbrati, Olga si azzarda a domandare: – Dove stiamo andando? – È una domanda con parecchi sottintesi: perché tanta fretta? E il vestito delle feste? E la tua agitazione?

– Lo vedrai, – le risponde la mamma. Guarda fuori dal finestrino, no, non è vero, guarda dritto davanti a sé, un punto imprecisato che le sfuoca gli occhi, la bocca atteggiata a una piccola smor-

fia soddisfatta che però non cancella le due pieghe d'ansia, una di qua una di là, precise come disegnate col trucco. Olga le spia gli occhi abbracciati dall'azzurro dell'ombretto, le ciglia a bastoncino nere di troppo rimmel. Poi si lascia andare contro lo schienale duro della panca e si arrende all'attesa.

Al ritorno non c'è posto per sedersi sul tram. È l'ora di punta, tutti che escono dagli uffici, Olga respira la stoffa ruvida della giacca grigia di un uomo grasso davanti a lei, cerca di non toccarlo ma non ci riesce, c'è troppa gente, troppa folla. L'uomo sa di fumo, sudore e mentolo, un miscuglio acre, cattivo. La mamma è un braccio attorno alle sue spalle, una voce che s'infila tra le stoffe dall'alto: – Adesso scendono quasi tutti, porta pazienza ancora un momento, vedrai che poi va meglio –. È gentile, adesso, è come se fosse diventata molle dentro.

A tavola, poi, le scatta la parlantina: attacca quando il papà ripiega il giornale, si alza dalla sua poltrona, si versa il vino, beve il primo sorso restando in piedi, le maniche della camicia tirate su e quell'aria beata e un po' lontana che gli viene a volte, è come se si ritirasse in un suo mondo, una bolla d'aria che respira solo lui. Ma la mamma non si lascia scoraggiare e non smette piú per tutto il tempo della cena. In pratica è la stessa frase ripetuta con varie sfumature, cambiando qualche parola. Il tono, quello non cambia: un cinguettio.

– La risposta la danno fra dieci giorni, ma sono

sicura, l'ho capito subito dalla faccia della direttrice. Ma ci pensi? La nostra bambina!

– Piano, piano, – dice lui, e si siede pesantemente a tavola, è un po' ingrassato attorno alla pancia, il papà, è la prima volta che Olga se ne accorge e l'idea le mette un po' di tristezza, non sa bene perché.

– Tu sei contenta?

Olga pensava ad altro, alla pancia del papà, al tram delle sei, a quella partita a palla prigioniera non conclusa, chissà chi ha vinto, alla fine. Cosí si volta verso di lui con un istante di ritardo, pronta a subire il rimprovero. Ma lui non è la mamma. La guarda con dolcezza e ripete: – Dico a te, topino. Sei contenta?

Non lo sa

Non lo sa, se è contenta.

La scuola è grande, grande da perdersi, con l'odore di matite e sudore di bambino che hanno tutte le scuole, ma in quella vecchia non l'aveva mai sentito. Si lascia guidare, come un automa, dalle altre, ne segue la scia senza ragionare, e dopo dieci giorni non ha ancora imparato una porta, una scala, un corridoio. È troppo concentrata sulle cose da fare.

La scuola-scuola, quella non le fa paura. È sempre stata brava, e ha capito subito di aver portato con sé un po' di vantaggio. Rispondere, far scattare la mano in su le viene automatico, anche se non conosce gli insegnanti, proprio perché non li conosce e capisce che deve conquistarli subito. Poi, almeno, la lasceranno tranquilla. È sempre stato cosí, perché dovrebbe essere diverso qui, adesso?

È il resto, tutto il resto.

La sarta l'ha squadrata da capo a piedi e ha sfilato una tutina grigia da un cumulo. Vista cosí, poteva andar bene a un neonato. – Direi che è perfetta, – ha sentenziato, sicura, con uno spillo in bocca, speriamo che non lo mandi giú. A lei è toccato spogliarsi, restare lí in mutande e canottiera, e infilarsi in quel tubetto di maglia, vederlo dilatarsi, spinto in fuori dalle sue ossa. Incredibile: la sarta – si chiama Aida, almeno quello l'ha imparato – aveva ragione. Era perfetta. Ma era anche molto diversa da quello che si aspettava lei.

Ha scoccato uno sguardo di rimpianto ai tutú appesi alle grucce, su un lungo tubo di metallo, cosí lungo che prende tutta una parete della sartoria. Uno tutto rosa, di un rosa dolce, un po' stanco, con la gonna lunga di tulle, che è la stoffa dei sacchettini dei confetti, solo che quella è dura, sta tutta sparata: lo sa perché ci fa sempre i vestiti da sera e da sposa per le bambole, è un po' sarta anche lei. E invece questo tulle cade giú morbido, e anche senza toccarlo si capisce che ha la consistenza di un petalo. Un altro tutú blu e nero, questa volta corto e rigido, con il bustino cosparso di piccoli dischi luccicanti, blu e neri anche quelli. Uno rosso, uno azzurro. E guarda, oh, quello verde chiaro con i veli a punta e il corpino doppio, piú scuro sotto. Sembra l'acqua di un lago.

Aida, intercettando il suo sguardo, si è addolcita: – Sono belli, neh, cocca? Ma quelli sono per le mie stelline. Sei ancora piccola, te. Va', va', che ho da fare –. Si è sfilata lo spillo dalla bocca e ha trafitto la stoffa giallina che aveva in mano, metri e metri indistinti, leggeri. Un vestito da pulcino, da anatra, forse. Esiste il balletto del brutto anatroccolo?

Con le scarpette c'è rimasta un po' male. Lei se le immaginava di raso rosa, luccicanti come gioielli, con la punta e i nastri lunghi. – Be', che faccia lunga fai? – le ha detto la Bruna, un'altra delle sarte, provandogliene un paio di pelle bianca molle, senza nessuna punta, fermate da un elastico che passa sul collo del piede: un elastico normale, bianco, da mutande.

– No, credevo...

– Si capisce proprio che sei nuova. Le punte si mettono da grande, se ci arrivi. Adesso ti rovinano il piede.

Da grande, se ci arrivi.

Le sembra che sia tutto un se. Se ce la fai, se ci arrivi, se sei brava, se sei sveglia. Lo dice anche Madame, nelle lunghe, lunghissime ore di sbarra. Tutte le sue frasi cominciano con un se. – Se allunghi quel piede, Elise. Se tieni giú le spalle, Margot. Se giri in fuori quelle ginocchia, Ghislaine.

Ah, sí. I nomi delle bambine. Non c'è una Paola, una Cristina. Hanno tutte nomi che lei non ha mai sentito, lievi come una musica. Come se fin dalla culla avessero deciso – non loro, ma le mamme sí – di essere destinate a un mondo diverso, con regole e parole diverse da quello normale.

Alcuni non saprebbe nemmeno scriverli, da sola, ma siccome è curiosa gliel'ha chiesto subito, nella pausa, a quella ragazzina alta con la bocca rossa come se avesse il rossetto, e invece a guardarla da vicino si vede che non è colorata, è proprio cosí di natura: – Com'è che si scrive il tuo nome? – E l'altra, paziente, come se l'avesse fatto mille volte, e probabilmente è proprio cosí, ha preso una matita appoggiata sul pianoforte e l'ha scritto dentro la scatola della pece, nell'angolo: GHISLAINE, grosse lettere maiuscole nella polvere bianca. Però si dice Ghillén. E poi Nadine, Paula, Gisela. A certi nomi devi togliere una lettera, altre volte devi strascicarli un po', come la g di Gisela. Chi non ha un nome speciale ha un soprannome: Cicci, Lilli, Sissi.

Lei è rimasta Olga, il suo nome è abbastanza corto da non aver bisogno di essere ridotto. Olga. Quando ci pensa a lungo, è come se non capisse piú che cosa vogliono dire quelle quattro lettere che indicano lei, solo lei, e che porta sempre con sé. Diventano misteriose, lontane. In cortile è l'unica a chiamarsi cosí. Anche nella scuola di prima lo era. Samantha (col «th», ci tiene tanto) glielo diceva sempre, prima che diventassero quasi amiche: – Ma Olga, che nome è? – E lei zitta, non sapeva rispondere. Olga. Olga sono io. Sí, ma cosa vuol dire? Se lo pronunci troppe volte è come se le lettere si sgranassero. Restano solo suoni. Rumori. Un rumore è un nome? Olga, Olga. Olga?

Qui si parla francese

Qui si parla francese. Le parole che contano sono francesi. Olga, che a scuola ha studiato inglese, si sente persa.

– *En première*, andiamo. *Deuxième*, piano, cosí, *lallà. En troisième, oui, tattà. Comme ça. Allons. Mais bien* –. Madame ha la voce morbida, le vocali grandi. Basta guardare i piedi delle altre, comunque, per capire le parole. È proprio come imparare un'altra lingua.

Qui i piedi non stanno paralleli come nella vita normale: no, vanno uno di qua e uno di là. Le punte distanti. Il peso ben bilanciato su quella striscia di pelle piccola, cosí piccola, che cerca sempre di allargarsi, di cascare in avanti per prendere piú spazio, ma non deve, non deve. E le braccia: sono sempre una curva. Il gomito non può essere una punta. Deve sparire dentro la curva. Anche le dita, le mani.

Uno non pensa che sia difficile dare un ordine alle mani, ne eseguono tanti, tutto il giorno: gli ordini che arrivano dal cervello e che non devi nemmeno pensare. Di solito obbediscono. Qui un po' meno. È che non conoscono ancora questo vocabolario nuovo, e strano.

Però c'è la musica. Da tutte le parti, una nuvola di musica che esce da un'aula. Spesso è il pianoforte: il ritmo serrato degli esercizi di riscaldamento. Qualche volta un nastro, ma solo per le grandi, per i loro frammenti di balletto. Olga s'immobilizza, seguendo il suo branco negli spostamenti, e resta a spiare da una porta socchiusa. Le grandi hanno la tuta nera e le gambe bianchissime, accecanti nelle calze lunghe. Sono belle, con quelle spalle basse, la testa eretta. I loro movimenti sono dentro la musica, sono la musica, fluidi, leggeri, non a marionetta come i suoi. Non diventerà mai brava come loro.

– Cosa fai te, nuova? Ti muovi? Siamo già in ritardo! – Nei corridoi non si urla, qui non si urla, però qualcuno che alza la voce c'è. È quella magra con le ossa che le spuntano dappertutto, Marisa, si chiama, si capisce che vuole comandare, far sentire che c'è.

– Eccomi, – dice Olga sottovoce. E lascia andare la musica, e corre nel corridoio, su per le scale, dietro la scia che la guida nel posto giusto.

Lo sgabuzzino delle scope. Il posto giusto è lo sgabuzzino delle scope. Olga si guarda intorno stupita, è come se si svegliasse da un sogno. Marisa la studia piegando un po' la testa, è parecchio piú alta di lei, e scoppia a ridere. Alla luce della lampadina che penzola da un filo i suoi denti sono quadrati, strani. Denti da animale. Ride forte, butta indietro la testa. Tiene le mani sui fianchi. Non tenere le mani sui fianchi, è da lavandaia, le dice sempre la mamma.

– Certo che sei stupida, eh? – E ride ancora, Marisa, come se fosse lo scherzo piú divertente del mondo. – Aspetta che lo dico alle altre...

Esce, fa per chiuderla dentro, Olga si appoggia con tutte le forze alla porta, riesce a resistere, ecco, scivola fuori, è fuori anche lei. Marisa alza le spalle, si avvia: – Peccato. Se restavi lí era una liberazione per tutte.

Sono all'ultimo piano, le scale finiscono lí sul pianerottolo. Olga non ha idea di dove si trovi. Certo, potrebbe rincorrere l'altra, dirle: – Aspettami –. Ma è umiliata, orgogliosa. Si siede su un gradino, le guance bollenti, decisa a non muoversi di lí finché i passi di Marisa – pesanti, come fanno a essere cosí pesanti se lei è cosí magra, e ha le scarpette morbide? – non finiranno di risuonare là sotto. Poi chiederà, in qualche modo farà.

È ancora lí che aspetta quando le passa di fianco un'ombra. Lei alza lo sguardo, incontra due occhi neri, intensi, sopracciglia come archi, nere anche quelle. La pelle è da angelo, la bocca anche. Una delle grandi. Biancaneve. Ha la tuta nera piú nera sotto le ascelle e sulla pancia, ma non ansima, è tranquilla. Le sorride, si china verso di lei. – Cosa ci fai qui?

– Mi... credo di essermi persa, – risponde Olga, ammettendo la vergogna.

– Scendiamo insieme. Che lezione hai?

– Madame, – sussurra Olga alzandosi. L'angelo

la prende per mano, che mano fredda. Come quella di una principessa addormentata.

– Andiamo. Sei in ritardo, senti?

Suona la campana che annuncia l'inizio di ogni ora.

– Mi sgriderà –. Olga lo dice senza paura, come se fosse inevitabile.

– Può darsi, – dice l'angelo, con un sorriso. – Ma non è come sembra, Madame. Vedrai.

È lei ad aprire la porta dell'aula. – Madame, scusi. Questa bambina… si era persa.

La musica si interrompe. Madame, di spalle, si volta di scatto. Le pieghe dell'abito di velluto viola si scompongono e si ricompongono con grazia perfetta. Gli occhi sono grandi, sgranati, nel viso molto pallido. Qualche ciocca rossa sfugge dal turbante nero. Porta un anello, uno solo: un enorme smeraldo quadrato, circondato da brillanti che luccicano molto, adesso che lei alza la mano in un gesto di saluto.

– Ah, tu…

Olga corre al suo posto, tra Elene e Sofia, che era rimasto vuoto. Un mormorio leggerissimo si diffonde nell'aula.

Biancaneve accenna un inchino. – Vado, Madame.

– *Mais oui…*

Tra le due passano sguardi intensi. Chissà cosa si stanno dicendo, pensa Olga mentre prende posizione. Ecco, Biancaneve è già andata, adesso Madame si volta e d'improvviso il mormorio svanisce, ecco, adesso la sgriderà, si arrabbierà. Olga si

sente sulla guancia, come uno schiaffo, gli occhi di Marisa, che la sta guardando, dall'altra parte della stanza, esattamente davanti a lei.

– Monsieur, riprendiamo. *Oui*, l'Allegro.

Un frusciare di pagina che gira, e la musica ricomincia. Madame passa vicino a ogni ragazzina, si ferma. Fa ruotare un polpaccio, corregge il disegno di una mano, raddrizza una schiena. Ora è da Olga. La guarda. Olga lo sente, ma continua a guardare dritto davanti a sé, come deve.

– Sorridi, – le dice Madame.

Forse non ha capito bene.

– Sorridi, – ripete Madame. – Una ballerina sorride sempre.

È già passata, un fruscio di stoffe, una ventata di profumo violento.

Olga, piano piano, lascia che le labbra si incurvino all'insú, appena appena, con uno sforzo che le sembra gigantesco.

Le cose in cortile non sono cambiate

Le cose in cortile non sono cambiate. Adesso che è autunno il portinaio spazza le foglie con furia e le raccoglie in grossi sacchi che ammucchia in un angolo, sotto i tre tigli, dove di solito stanno le mamme dei bambini piccoli, a fumare e chiacchierare sulle panchine.

I piccoli non scendono già piú, fa troppo freddo. I grandi sí. Lei li raggiunge solo al sabato, di pomeriggio, il suo unico pomeriggio libero, a parte la domenica che però è riservata ai compiti, al ripasso, con la mamma che passeggia reggendo il

libro di storia aperto tra le mani, un prete in chiesa, uguale.

Clemente ha la bicicletta nuova, regalo di compleanno, e continua a girare, un pazzo, come se volesse accumulare i giri per quando non potrà piú farli, appena piove, appena gela. Anche cosí riesce a prendere parte alla conversazione, senza fermarsi, sfiorando il gruppetto che è in piedi, in cerchio, pugni in tasca.

Parla Samantha, come al solito, e quando parla scocca rapide occhiate per tenere sotto controllo le facce di tutti, studiarne le reazioni. – Io da grande faccio la ballerina della tivú.

– Allora devi andare a scuola come la Olga –. Andrea la femmina ha una vocina esitante, ma non ha paura di Samantha, forse è l'unica.

– Ma va'. Per fare la ballerina della tivú non devi mica fare niente –. Samantha è sicura di sé. Incrocia le braccia, con aria di sfida. – A ballare impari da sola, basta che guardi i varietà. Poi quando hai diciotto anni e ci sono i provini ti presenti con una tutina colorata e fai vedere quello che sai fare e se sei carina e bravina ti prendono. Me l'ha detto mia sorella. Anche lei lo farà quando avrà diciotto anni. Tanto non la prendono, lei è grassa.

– E allora? – Clemente è perplesso. Si è fermato, tiene le mani guantate sul manubrio, sta in equilibrio sulle punte dei piedi, la bici è molto alta. Si capisce che è un discorso poco familiare per lui.

– Hai mai visto una ballerina grassa, scemo? Devi stare attenta, fare le diete. Mia sorella mangia solo lo yogurt e i cereali. Tanto è grassa lo stesso, perché ci ha pensato troppo tardi. Io sto attenta già da adesso.

– Una volta mia mamma c'è andata, in tivú. Alla Ruota della Fortuna –. Michela s'inserisce dondolandosi dalla punta al tacco e ritorno, avanti indietro, avanti indietro, fa sempre cosí quando parla.

– Ma dai. E ha vinto? – Samantha sembra interessata. Michela aspira la saliva tra i denti, manda giú, respira a fondo e riprende.

– Ma no. Era nel pubblico. Doveva ridere e battere le mani quando glielo dicevano quelli della tivú. Fanno cosí: alzano dei cartelli, uno con due manone, che vuol dire applaudi, e uno con una boccona, che vuol dire ridi. Tu devi fare come dicono. Poi alla fine c'è il rinfresco.

– E non ti pagano?

– Ma no.

– Io credevo che alla tivú pagavano benissimo sempre, – dice Andrea il maschio strusciando un piede per terra. Si alza una nuvoletta di polvere, l'erba lí in mezzo al campo dei loro giochi ha deciso di non crescere.

– Le ballerine però sí che le pagano. Poi ti fidanzi con un calciatore e sei a posto, – interviene Samantha.

– Anche tu ti fidanzi con un calciatore, Olga? – È Andrea, la femmina questa volta.

Ridono male, la prendono in giro. Lei, che è stata zitta tutto il tempo, si sente diventare rossa e non può far altro che mettersi le mani sulle guance, per raffreddarle, se ci riesce, se ce la fa. Ma è già troppo tardi. Clemente la sta guardando, lo sente.

Clemente gioca a calcio, ma non sarà mai un calciatore. In campo è un disastro. Dev'essere per via degli occhiali. Lo fanno stare in porta solo se non c'è nessun altro, altrimenti gli tocca di fare l'arbitro o il guardalinee.

Lui però non si preoccupa. C'è anche andato, a calcio, per due anni di fila. Tornava infangato e stanchissimo, e non sembrava molto felice, a vederlo sulle scale, o nell'ascensore, alle sette di sera, sotto la luce al neon che lo faceva ancora piú pallido. Era il suo papà che ci teneva tanto, il sabato lo portava alle partite, e a volte anche la domenica a quelle vere, dei grandi. Poi ha smesso. Adesso gioca tanto per giocare, ma si capisce che non gli importa.

– Vuoi fare un giro? – Sordo alle risate, Clemente la guarda negli occhi, ha gli occhi cosí grandi, e le ciglia sembra sempre che sbattano contro le lenti. Lei non risponde nemmeno, gli appoggia le mani sulle spalle, e sale dietro di lui, con un solo perfetto gesto della gamba che vola alta per ricadere dall'altra parte: almeno quello a danza l'ha imparato. Vanno via, l'aria è fresca sulla faccia in fiamme, lei gli lascia le mani sulle spalle. Li insegue un coro storto: – Oggi fidanzati, domani sposati! – L'hanno ascoltato cosí tante volte che non lo sentono nemmeno.

A lei piaceva

A lei piaceva anche la scuola di prima, se è per questo. Ma nessuno gliel'ha chiesto, se le piaceva o no, se voleva cambiare. Le ricorda ancora bene, le sopracciglia di Madame – allora non sapeva ancora che fosse Madame – due archetti sopra gli occhi affondati nelle rughe, e il tono tagliente della sua voce mentre si voltava verso la Sanchez – allora non sapeva ancora che fosse la Sanchez – e chiedeva: – Da che scuola hai detto che viene?

One Step, scuola di danza. C'era scritto cosí, in blu sulla targa di plastica bianca fissata di fianco ai campanelli, sulla strada. Entravi, attraversavi un cortile grigio e spingevi una porta grande, col vetro sopra, e già vedevi dentro la scrivania della segretaria signora Boldi che aveva gli occhiali a farfalla con i diamanti attorno, almeno era quello che credeva Olga.

Un giorno, aveva sei anni, l'aveva anche detto alla mamma: – La segretaria Boldi dev'essere ricchissima. Ha i diamanti sugli occhiali –. La mamma aveva riso, senza spiegare, come fa lei: – Sí, i diamanti matti –. E Olga aveva pensato che matti è un aggettivo che va benissimo con i diamanti, perché brillano in quel modo imprevedibile, fanno l'arcobaleno anche se sembrano trasparenti, cioè di nessun colore.

La segretaria Boldi non sopportava due cose: i pagamenti in ritardo e le bambine in ritardo. Per questo, forse, trattava le mamme un po' come bambine. – Signora, si ricorda che giorno è oggi, vero? Ecco, brava, mi raccomando.

D'altra parte pagare mese per mese era meglio, le aveva spiegato la mamma – perché metti che ti ammali e non vieni piú e noi abbiamo già saldato tutto l'anno? – Perciò Olga aveva pensato due cose: che le sembrava terribile l'idea di ammalarsi cosí tanto da non poter andare piú a danza, di solito al massimo stava a casa un giorno, se proprio aveva la febbre. E che saldare la danza era altrettanto terribile: come parola, almeno. Le faceva venire in mente i saldi, quando ti vendono le cose che costano meno, e la mamma la costringeva a lunghe file davanti ai negozi, al freddo, o al caldissimo, e poi dentro c'erano sempre cose brutte o inutili che comunque si dovevano comperare perché conviene. Come la camicia a disegni marroni che la faceva sentire un divano e che le era toccata dai sette ai nove anni compresi perché era stata comprata un po' abbondante.

– Da che scuola viene? Mah, da uno di quegli scantinati dove ti storcono i piedi, – ha detto la Marisa, dietro le spalle come fa lei, un giorno. – Una di quelle scuole dei poveretti –. Intanto nessuno ti storceva i piedi. E poi costava, costava. Ma lei alla Marisa non l'ha detto, perché meno ci parla, con quella, meglio è.

Comunque alla scuola One Step si stava bene. Le bambine le conosceva fin dal primo corso, erano sempre rimaste le stesse, almeno un gruppetto di otto: poi qualcuna se n'era andata, qualcun'altra era arrivata, come succede. Il maestro Arrigo era magrissimo e paziente, e alla fine della lezione ti dava sempre un cioccolatino, li teneva in una ciotola vicino al registratore della musica, e tu li guardavi nei loro incarti luccicanti e quando facevi una cosa faticosa o difficile ti consolavi in anticipo pensando a quel sapore buonissimo che si disfa sulla lingua.

– È un miracolo che non l'abbiano rovinata, – aveva detto Madame alla fine della selezione, piano, ma non abbastanza.

Olga non si sentiva rovinata, nemmeno un po'. Ma quando l'ha chiesto alla mamma, subito dopo la selezione, dopo aver saputo che era passata: – Perché mi hai fatto cambiare scuola? – ha visto quello stesso doppio archetto di sopracciglia di Madame.

– Meritavi di piú, tesoro –. E una mano sulla guancia. La mamma ha sempre le mani un po' umide.

Comunque la cosa piú bella che ricorda della scuola One Step è il saggio, quando era nel terzo corso e ha fatto la danza russa. La danza popolare si cominciava proprio nel terzo, prima si era troppo piccole, ed era bella perché i piedi potevano restare diritti, normali, e bastava sentire il tempo per essere brave, tempo, tempo, diceva il maestro Arrigo. Non che se lo ricordi benissimo com'era, però ci sono le foto. La sua memoria piú precisa è quella della prova del vestito, che aveva la gonna di panno nero con un bordino a fiori e il corpetto chiuso dietro dai lacci, e sotto una camicia bianca con le maniche a sbuffo, fino al gomito, e sulla testa un'acconciatura fatta di nastri, un po' da carnevale. E la maestra Giulia che stringeva forte i lacci, ed era come avere una corazza attorno alla pancia, faceva anche un po' male, ma un male bello, prezioso: un modo di sentirsi speciale. Nella foto di gruppo lei è la terza da sinistra, ha la faccia precisa, come disegnata – ma certo, il trucco – e le gambe lunghissime che spuntano dalla gonna al ginocchio, e quel cespuglio di nastri sulla testa, un po' ridicolo.

Quello che la foto non dice è come si sentiva lei in quel momento: bella, piú grande, con due palline rosa a farle i pomelli da bambola, e l'ombretto azzurro sopra le palpebre. Era bello, farsi truccare, l'odore da donna dei cosmetici, la morbidezza calda del rossetto che disegna il sorriso. Strano, in quell'immagine è seria, ma non è come se lo ricorda: la danza russa, cosí precisa e scatenata insieme, le faceva sempre venir voglia di ridere. Nella foto invece ha l'aria concentrata, la fronte un po' a righe.

Le foto, pensa, fanno vedere le cose da un altro punto di vista: dentro ci sei tu, ma una tu vista dagli altri, che non si vede, nel senso che non vede se stessa. Vedersi con gli occhi degli altri è una sorpresa. La mamma, per esempio, che cosa vede di lei? Che bambina vede? È sempre lí a sgridarla, a rimproverarla, a dirle come dovrebbe essere: piú attenta, piú ordinata, piú gentile. La vorrebbe diversa. Si vede che cosí com'è non va bene, o almeno non va bene a lei.

Anche Olga qualche volta non si va bene. Le orecchie, santo cielo. E poi vorrebbe essere piú rotonda, non avere tutti quegli spigoli, non sentirsi piú chiamare scheletrino da quelli del cortile. Vorrebbe avere gli occhi verdi: grandi occhi di un verde smeraldino, l'ha letto in un libro, era un personaggio avventuroso, una principessa indiana. Magari è proprio cosí, i suoi veri genitori sono due principi indiani che l'hanno affidata a questi qua perché dovevano fuggire da un usurpatore, ma un giorno verranno a prenderla con l'elefante, te l'immagini un elefante parcheggiato sotto casa? Ma no, ma dai, se si guarda allo specchio sotto la luce forte del bagno l'unico verde che riesce a vedere è un cerchietto minuscolo attorno alla pupilla che si stringe spaventata come un piccolo animale vivo. Non basta per dire che ha gli occhi verdi: sono solo marrone, gli occhi di tutti.

Un'altra cosa che non le piace sono le lacrime, le sue. Vorrebbe riuscire a fermare quella voglia di piangere che le viene a volte, anche per delle cose piccolissime. La mamma, come al solito, fa in fretta: le dà della frignona, le dice che le ragazzine della sua età non tirano la bocca in quel modo, che non è piú una bambina. Non le chiede mai perché piangi, perché. A volte lei, Olga, invece se lo domanda: perché bisogna piangere cosí? È lei la prima a capire che non dovrebbe, solo perché vede un gatto randagio e la mamma la strattona via prima che lei riesca ad accarezzarlo, solo perché è sera e fuori piove e il mondo bagnato visto dalla finestra della sua stanza le sembra orrendo, un mucchio di strade lucide e lampioni tetri e case. O perché Giampiero ha aperto dieci pacchetti di cracker e dopo averne mangiato mezzo, mezzo cracker, non mezzo pacchetto, mezzo quadratino col sale a cristalli e le bolle bruciate, ha detto che basta, non ne aveva piú voglia, e lei pensa al destino di quei cracker, alla loro vita inutile da cracker che finiranno buttati via, e già le lacrime premono, vogliono uscire, escono.

A volte Olga è convinta di avere una malattia. Solo cosí si spiegano tutti quei pianti, solo cosí. Nessuno ha capito che quella è una malattia, e quando se ne accorgeranno sarà troppo, troppo tardi. Allora sí che gli dispiacerà, a tutti quanti. E ancora le lacrime colano, le scottano la faccia, le finiscono dentro le orecchie prima di andare a inzuppare il cuscino quando piange dentro il suo letto, distesa, senza fare nessun rumore.

Sono piú contento

– Sono piú contento che vai a ballare –. Giampiero è seduto per terra, in pigiama, nascosto dietro un Topolino che sulla copertina ride abbracciato a Minnie. Non lo abbassa nemmeno mentre parla.

Olga non replica. È abituata alle aggressioni di lui, pugni e parole, e preferisce essere lasciata stare mentre prepara lo zaino per il giorno dopo, scegliendo i libri giusti, senza piú guardare l'orario che ormai ha stampato nella mente.

– Ho detto che sono piú contento, – ripete Giampiero. Il Topolino vola, le sfiora la testa, si abbatte sul pavimento. Olga fa finta di niente.

– Raccoglilo, – dicc lui.

Olga sospira, guarda dentro lo zaino, come aspettando che si compia il miracolo, che ne esca un genio sottile come un filo di fumo, pronto a incrociare le braccia davanti a lei e dire: – Esprimi un desiderio e io lo farò vero.

E lei: – Fai sparire mio fratello –. E poi si volta e al posto di Giampiero, in mezzo al letto, c'è un mucchietto di cenere.

– Sono piú contento perché cosí non ti vedo, – riprende lui, tranquillo. Sembra che al momento si sia dimenticato del fumetto.

Anch'io, risponderebbe Olga, se ne avesse voglia. Anch'io sono piú contenta se ti vedo solo la sera a cena e un'oretta dopo.

Piú tardi, la luce è già spenta e qualcosa di piccolo, freddo e molle le atterra sulla faccia. Olga si rizza a sedere di scatto, forse dormiva già, è confusa. La cosa cade giú. Lei non urla. Cerca a tentoni l'interruttore della lucetta, accende, strizza gli occhi. La cosa è un piccolo ragno di gomma, con le zampette che tremano. Fa quasi tenerezza, cosí nero, cosí brutto. Lei lo prende, serra il pugno, sente di nuovo quella mollezza fredda.

– Grazie, – dice, e spegne la luce.

Bisognerà darti una sistemata

– Bisognerà darti una sistemata, – ha detto la Sanchez, che è l'insegnante di ballo spagnolo (infatti è spagnola) e anche quella che si occupa delle piccole. Olga piccola non è, ma siccome arriva da fuori devono controllare, le ha spiegato la spagnola, che non abbia dei difetti, e correggerli in fretta. – Non ti preoccupare, – le dice dandole una pacca sulla testa, – se fossi un disastro non ti avremmo nemmeno presa. Ma me le ricordo bene, le tue mani, alla selezione…

Le mani, le mani. Le mani di Ghislaine: farfalle. Guarda come le tiene, come farà, se ci prova lei le sembra di fare le corna, invece a quella là con il suo nome da fata viene cosí bene, anulare e mignolo un po' in su, il medio abbassato, pollice e indice uniti, il pollice in dentro: farfalle.

Anche le altre, comunque, hanno qualche problema. – Ma cosa fate, l'autostop? Via quel ditone, avanti. E uno, e due, e tre, e quattro –. Niente, niente da fare. Allora meglio schiacciare il pollice contro il palmo, come fanno le bambine piccole, sembra che abbiano delle palette, al posto delle mani. È cosí che le insegna la Sanchez, prendendole le dita e premendole insieme e cercando di dare rotondità al palmo, come se fosse fatto di pasta da modellare. – Lasciale morbide. Ecco, cosí. Cosí. *Port de bras*: e uno, e due, e tre, e quattro. Via, la testa libera, lasciala andare, cosí. Su, diritta, tre, quattro.

Lavorano senza musica, da sole, in un'aula piccola con una finestra sola, in alto, nel sottotetto. I problemi, pare, sono le mani e la testa, il collo. Ma la sistemata si rivela piú piacevole del previsto. È bello stare lassú, sopra il mondo, l'ultimo sole s'infila obliquo lungo il parquet che scricchiola piano quando la Sanchez si sposta, sembra che voglia dire qualcosa con quei suoi cigolii, fa compagnia, è quasi musica anche quella. Alla fine bastano poche ore, pochi giorni.

– Finita la rieducazione? – le sibila contro la Marisa, feroce. – Ti hanno riprogrammato il cervello? Ma va', che sei un caso disperato.

Olga tace, fa come con Giampiero, guarda da un'altra parte: come se non fosse successo niente. La Marisa si stufa, va via. Scampato pericolo, almeno per ora.

Lei, comunque, non si sente un caso disperato. Avverte gli occhi di Madame concentrati sulle sue braccia, sulla nuca, sulle mani, a lezione. Occhi che scottano e bucano. Ma questa volta Madame tace. Un silenzio che vale come un complimento.

Alla mensa

Alla mensa bisogna stare sedute diritte, parlare sottovoce e finire tutto quello che c'è nel piatto. Il riso in bianco insulso, l'insalata di carote e zucchine con quello spruzzo d'aceto che a Olga fa sempre storcere la bocca, la carne pallidissima attraversata da righine marrone bruciato.

La Marisa, strano, mangia sempre tutto, butta giú bocconi enormi, senza parlare, avida, anche se poi ha quel corpo da insetto stecco. Almeno sta zitta, perché chiede sempre un secondo giro. Meno male.

Comunque è abbastanza lontana, si siede con due di terza media, lei deve sempre stare con le piú grandi, far capire che è diversa. Anche se quelle non la guardano nemmeno e tra un boccone e l'altro – piccoli, i loro, e lenti – sussurrano e ridacchiano, ridacchiano e sussurrano, perse in un loro mondo segreto.

Un'altra che mangia come un lupo è la Cicci, strano, non si direbbe, è un fuscello di bambina. Però trova anche il tempo di chiacchierare, è da lei che Olga impara in frettissima tante cose che altrimenti non saprebbe mai, lei svantaggiata, arrivata ultima, infilata di corsa in seconda media.

– Al posto della Angelina, – le spiega la Cicci, che sa tutto. – È andata ad abitare fuori città, non ce la faceva piú a fare avanti indietro, e qui non vogliono delle interne cosí piccole. Al liceo sí, ma è diverso. C'è una che viene da Palermo, figurati. Eccola là –. E indica col mento aguzzo una ragazza biondissima, minuta, con gli occhi azzurri e la pelle rosea, un angelo, che sta seduta da sola e insegue con la forchetta un boccone vagabondo senza decidersi a trafiggerlo. – Ha la malinconia. Per forza, torna a casa solo a Natale e a Pasqua. È come stare in collegio.

Olga i collegi li ha letti solo nei libri. Sono i posti dove ti mandano quando combini un grosso guaio, o hai seri problemi di disciplina, o diventi orfana all'improvviso perché i tuoi genitori di ritorno dall'Africa sono scomparsi in un naufragio, ma poi, dopo che la malvagia direttrice ti ha fatto dormire nel sottoscala e ti ha bacchettato le mani un sacco di volte senza che lo meritassi, si scopre che tuo padre è vivo, almeno lui, e viene a prenderti con la carrozza e un baule pieno di vestiti nuovi di seta e di pizzo e una bambola grande come te, e mentre vai via ti volti e dal finestrino piccolissimo della carrozza vedi la polizia che porta via in catene la malvagia direttrice mentre le tue compagne esultano, e presto il papà manderà tante signore sue amiche ad adottarle tutte. Il collegio, per come la vede lei, è un errore, un posto dove finisci per sbaglio. Oppure una minaccia, ma vaga, lontana, cosí per dire. – Ti mando in collegio, – è quello che la mamma di Andrea femmina urla dietro a sua figlia quando è molto arrabbiata, ma lei è fatta cosí, urla però non picchia, e poi le passa subito e le vedi andare a far la spesa mano nella mano, mamma e bambina, anche se ormai Andrea ha dieci anni e potrebbe anche vergognarsi. È una minaccia, il collegio, ma una minaccia finta. Invece per l'angelo biondo è diventata una cosa vera.

Olga ci pensa e fa fatica a capire il legame tra una cosa bella come la danza e una che sembra un castigo. Le sembra sbagliato che per danzare si debba soffrire cosí.

– Vuoi vedere dove stanno le interne? – le soffia nell'orecchio la Cicci, che ha questa capacità prodigiosa di leggere nel pensiero. Hanno finito anche le mele cotte, possono alzarsi, e quest'ora, Olga l'ha imparato, è come sospesa, tutti sono da un'altra parte, scale e corridoi sono deserti, è il momento delle esplorazioni. Annuisce, la Cicci si alza, lei la imita, sono fuori, via dagli odori mescolati dei cibi, salgono due rampe di scale, girano di qua, girano di là. C'è una porta a vetri, un corridoio lunghissimo e molto lucido, si scivola, con una fila di porte bianche da una parte e dall'altra tante finestre alte fino al soffitto, una bella luce anche se fuori non c'è il sole.

– Ecco, – dice la Cicci, e bussa a una porta. Viene ad aprire una ragazza grande con gli occhiali, che strano, le ballerine non portano mai gli occhiali, ma poi Olga capisce, certo: quando danza si metterà le lenti, adesso sta facendo riposare gli occhi. La ragazza le guarda, sorride: – Cosa ci fate voi due piccoline quassú? – Parla strano, una lingua che raddoppia certe lettere e se ne mangia delle altre, fa ridere.

La Cicci, come al solito, ha la situazione in pugno: – Cecilia, scusa, volevo far vedere l'internato alla mia amica Olga che è nuova. Sai, lei non sa niente della scuola, – e guarda la grande di sotto in su con una complicità che esclude Olga, ma è solo un attimo, non fa nemmeno in tempo a pungere, perché intanto ha teso il braccio, la Cicci, e gliel'ha passato alla vita, come si vede fare alle grandi, appunto, che a volte passeggiano cosí, a due a due, come se fossero in scena a far la parte delle damigelle.

Cecilia le guarda tutte e due, e dice: – Venite dentro.

Dentro c'è una stanza normale da ragazza normale, solo che appesi alle pareti ci sono poster di ballerini e ballerine, e le locandine degli spettacoli con il bellissimo, nobile disegno a ghirlanda della scuola e del teatro, e i titoli che parlano di piume, principesse, poesia. Il letto è appoggiato al muro, coperto da una trapunta a fiorellini rosa; sotto la finestra è spinto un tavolino, e sopra c'è una lampada di vetro verde, e vicino una sedia con lo schienale alto; nell'angolo c'è una poltrona dall'aria comoda, e di fronte un tavolo basso con un televisore piccolo. Sulla trapunta c'è una collezione di orsacchiotti.

– Li sposti tutte le sere? – dice Olga, ed è come

se le parole le fossero scappate fuori. Si morde le labbra, si sente arrossire. Cosa penserà questa grande di lei, adesso? Cecilia sorride: – No. Non tutti. Alcuni dormono con me.

– Ecco, hai visto, – taglia corto la Cicci, efficiente. – Possiamo andare –. E già con quella presa salda alla vita sospinge Olga verso la porta. – Grazie, Cecilia.

– Grazie a voi. La volete una caramella? Dopo le schifezze della mensa, magari...

Si fermano, si voltano, avide come due bambine piccole. Cecilia ha preso una scatola di metallo da sopra la cassettiera, la apre, la mette sotto il loro naso: c'è una collezione di gelatine, fondant, croccantini al caffè. Pescano a piene mani: – Una sola? – dice la Cicci, sfrontata, e ride.

– Quelle che volete. Sono zuccheri pronti. Abbiamo bisogno di zucchero, noi, – dice Cecilia.

E sí, pensa Olga mentre scende le scale con la Cicci che senza mollarle la vita riesce miracolosamente a scartare le sue caramelle e a ficcarsele in bocca a una velocità sorprendente, in un gioco di passaggi da prestigiatore. E sí. Abbiamo bisogno di zucchero.

Poi, quando le bocche non sono piú piene, Olga dice: – È un bel posto. Normale. Come a casa, solo che stai da sola.

La Cicci la guarda, seria. Dice: – Ah, ma non credere che le camere siano tutte cosí. Cecilia è una privilegiata. Le altre dormono dieci in una stanza, su in soffitta, non c'è neanche il riscaldamento.

Olga fa in tempo a sgranare gli occhi prima di accorgersi che è uno scherzo. La Cicci ride: – Ma su, scherzavo. È un collegio, ma moderno. Certo che sei proprio strana, te. Dai che andiamo, – e guarda l'enorme orologio appeso alla parete, ci sono orologi dappertutto, lí, perché al polso non si possono portare. – Abbiamo dieci minuti.

Ci sarebbe tutto il tempo per andare a lavarsi i denti. La mamma la spedisce in bagno dopo ogni minuscola singola caramella, e il dentifricio le cancella subito il sapore, se poi la caramella era alla menta viene fuori una cosa terribile, tutta la bocca che scotta di troppa freschezza. Ma lo zucchero al momento sta bene dove sta, sulla lingua, dolce ancora un po'.

I quattro maschi

I quattro maschi della classe è come se fossero invisibili. Stanno sempre per conto loro, non parlano con le compagne, non si mescolano, anche alla sbarra occupano gli ultimi quattro posti della fila di sinistra, in fondo.

Olga all'inizio si era stupita a vederli, alla scuola One Step non ce n'era nemmeno uno, e le hanno fatto un effetto, con quei pantaloni blu strettissimi, praticamente una calzamaglia, e le scarpe nere di una pelle spessa, e sopra non hanno la tuta ma una specie di canottiera, cosí si vedono tutte le ossa della schiena e delle braccia, e non è che sia un gran spettacolo.

Marco ha i capelli rossi e le lentiggini; Mathieu è color cioccolato al latte, ha gli occhi belli, lucidi, grandi; Andrea e François sono fratelli ma fanno lo stesso corso perché hanno solo un anno di differenza. Loro hanno un modo di muoversi piú a scatti e spigoli, quando c'è lezione; anche a scuola stanno nell'ultima fila, e non parlano quasi mai se non interrogati; però quando c'è l'intervallo fanno i giochi dei maschi del cortile, hanno le figurine, a volte fanno una partita di calcio divisi in due ridicole squadre di due giocatori, uno attaccante l'altro in porta.

– A me sono simpatici, – dice la Cicci un giorno, seguendo lo sguardo di Olga che è puntato su Mathieu. – Lui poi è proprio carino. Carino ma tonto. L'anno scorso la Valentina si era innamorata di lui e gli spediva i biglietti facendoli rotolare per terra e lui non se ne accorgeva mai, ma la prof sí. Cosí una volta che s'era stufata ha preso uno di questi biglietti e l'ha letto ad alta voce. Mathieu *mon amour*, c'era scritto. Tutti a ridere. La Valentina era rossa come un pomodoro, lui rideva piú forte di tutti, che scemo. Poi comunque le è passata, per fortuna. A me non me ne frega che siamo in una scuola praticamente tutta di femmine. Io i fidanzati me li trovo al mare d'estate. E tu?

Come al solito, la Cicci ha parlato tutto di fila. Adesso tace, prende fiato, aspetta. Olga pensa a Clemente e a quella volta che l'ha baciata sul pianerottolo del secondo piano, davanti allo zerbino dei Simoni. Aveva la bocca bagnata e un po' fredda. Non le è piaciuto. Ma forse non era amore, avevano solo dieci anni.

Adesso è diverso. Non si baciano piú, però è bello sapere che Clemente esiste, e poter suonare il campanello di casa sua, quando ha tempo, e vederlo che apre la porta e come al solito è senza scarpe e ha le calze tutte molli, un po' scese, i piedi informi, è spettinato, e sorride. La fa entrare, vanno in camera sua, si siedono sul letto e non parlano. Lui continua a costruire il suo scheletro di velociraptor e lei tende una mano e prende la scatoletta trasparente sul comodino che contiene la collezione di angoli di schede telefoniche. Le agita, schioccano contro la plastica. Olga non conosce nessun altro che faccia collezione di angoli di schede telefoniche. Clemente è raro.

Quindi è vero che Mathieu è carino, ma non è importante.

La maestra Alina

La maestra Alina non farebbe paura come Madame, però ha il bastone. È strano vederla appoggiata al bastone, che è lungo, lucido e nero: ci si punta come una ballerina di quelle che si vedono nei film vecchi in bianco e nero col cilindro in testa e un frac cortissimo, non come una vecchia strega curva. Ma è sempre un bastone. Lo usa per battere il tempo, su e giú, pum e pum. A Olga sembra che tremi tutto il pavimento, le sembra di tremare anche lei, a partire dalle piante dei piedi incollate a terra, aperte, apertissime.

– Doveva diventare *étoile*, sai? – le sussurra la Cicci che ormai l'ha presa ufficialmente sotto la sua ala protettrice, anche se Olga è piú alta di sei centimetri e avere una protettrice cosí minuscola la fa un po' ridere.

– Cosa vuol dire?

La Cicci è paziente, delicata, magrissima. Sospira, la guarda di sotto in su e le dice: – A volte mi sembra che vieni da un altro pianeta. Le altre, tutte queste cose le sanno. Tu non sai niente. Comunque – e prende un altro respiro – *étoile* vuol

dire stella. È la ballerina piú importante di tutte, quella che fa le parti principali. La protagonista.

Ma certo. Quella col tutú piú bello e il sorriso, ah, il sorriso, sempre stampato in faccia.

– E invece?

– Invece al suo posto hanno preso una inglese. Lei c'è rimasta male, voleva smettere di ballare. Poi le hanno offerto di fare l'insegnante.

– E balla ancora?

– No. Ha smesso comunque. Pensa come dev'essere, lavorare per anni, tutto quel sudore, quella fatica, e poi prendono una inglese al posto tuo.

Già, pensa. Olga ci pensa solo adesso. Le ballerine vere, quelle dei balletti del Concerto di Capodanno, hanno un modo cosí facile di muoversi, sembra che gli venga naturale. Ma non è cosí, e lei comincia a capirlo.

A lei, lo sa, si spezzerebbe il cuore. La maestra Alina forse il suo l'ha rimesso insieme, in qualche modo, dopo tanto tempo. Giovane non è, ma nemmeno vecchia. Ha la pelle tirata sulle ossa, gli occhi lunghi, orientali, i capelli neri tirati in uno chignon perfetto. Sulla tuta, identica alle loro però nera, porta una gonna corta che fissa su un fianco con un nodo. Anche calze e scarpe sono nere. È elegantissima. Alla lezione dopo, Olga non riesce a staccare gli occhi da quel viso un po' remoto. Ha notato una cosa: la maestra Alina non sorride mai. Mai.

A casa della Cicci

A casa della Cicci la prima cosa che la colpisce sono i tappeti: tanti, enormi, coprono tutto il pavimento, nemmeno lo sai se sotto esiste, il pavimento, e inghiottono il rumore dei piedi. La seconda è il tavolino basso di vetro completamente coperto di piccoli oggetti d'argento. Che sono d'argento lo capisce perché anche la mamma ne ha tre, sul comò in camera sua, e li dispone sempre ordinatissimi da non toccare su un centrino bianco all'uncinetto, irrigidito da un bagno nell'acqua e zucchero. La Cicci segue il suo sguardo e si lascia cadere in ginocchio vicino al tavolino, tanto non fa male, c'è il tappeto: – Vieni. Ci si può giocare. Basta che non lasciamo le ditate.

Passano un bel po' di tempo a giocare con la chiavetta dotata di una nappina azzurra di seta, la carriolina, il grappolino d'uva, la casetta, la scarpina, una borsa microscopica con la tracolla di catenella, il bassotto, il gattino appallottolato, il topino nel formaggio, la lumachina, la farfallina.

– È tutto cosí ino, – dice Olga.

– Cosa? – La Cicci la guarda perplessa.

– Niente –. A volte è cosí, Olga dice delle cose che non sa nemmeno lei. Comunque si possono inventare un mucchio di storie, e siccome in questo Olga è brava il gioco lo guida lei. La Cicci obbedisce, le sta dietro. Ridono. Poi viene la mamma della Cicci a dire che è pronta la merenda, care, e si trasferiscono in una cucina tutta bianca, solo per terra è a scacchi bianchi e neri, ci sono alti sgabelli, neri anche quelli, su cui arrampicarsi, e poi si possono dondolare le gambe come al bar di un film americano, mentre la mamma della Cicci versa nelle tazze una cioccolata densissima e spinge verso di loro un piattino coperto di minuscoli biscotti di pasticceria.

– Clotilde, per favore, cerca di non sbrodolarti, – dice, però poi va via e le lascia sole, e Olga è piú contenta cosí.

– Ti chiami Clotilde per davvero? – chiede alla Cicci, che ha già due baffi neri e una goccia di cioccolata pericolosamente in bilico sul mento.

– Sí, ma è brutto. Cicci è come mi chiama il papà e mi piace molto di piú. E Olga che nome è? Voglio dire, dove l'hanno preso?

Olga si stringe nelle spalle. – È la zia del papà. Un nome di famiglia, si dice cosí.

– Certo. Io sono Clotilde come la nonna. Ma la zia del tuo papà non è una vera parente…

– A me è anche antipatica, figurati –. Olga tace e deglutisce. Non sa come le sia scappata quella frase. Se la sentisse la mamma. Sii gentile con la zia Olga, fai la brava e vieni a salutare la zia Olga, telefona alla zia Olga che oggi è il suo onomastico. Si fa in fretta a odiare la zia Olga. Anche perché con la sua faccia sempre troppo truccata sembra finta. Sorride, ma non con gli occhi, con quelle labbra lucide di rossetto marrone che sembra che gliele abbiano pestate con i pugni. Usa un profumo intenso, che stordisce. Fuma di continuo, ha l'odore del fumo dentro la bocca, darle un bacio è una pena. Agita le mani coperte di anelli, muove i polsi pieni di braccialetti, uno ha la forma di serpente con un occhio solo, rossissimo, che ti ipnotizza. Non glieli lascia mai guardare da vicino. – Da brava, non si tocca.

– Magari se mi chiamo come lei va a finire che le assomiglio, – aggiunge, e ancora una volta si stupisce di quello che ha detto.

– Ma no, cosa c'entra, – la rassicura la Cicci. – Mia nonna è vecchia, ha sessantadue anni, e io mica ho le rughe e le macchie marrone sulla pelle –. Tende le mani davanti a sé, manine d'ossa, due ragnetti bianchissimi. – Visto?

Ridono. Olga si concentra sui biscottini: quello con la marmellata di ciliegie che fa un ricciolo perfetto in mezzo, quello metà pasta metà cioccolato, quello che sembra una conchiglia. Guardarli è come mangiarli piú a lungo, in anticipo. Alla fine ne sceglie uno a barchetta, impolverato di mandorle fini fini. La Cicci, nel tempo che lei ci ha messo a decidere, ne ha mangiati tre, ha la bocca piena. La guarda e fa gli occhi grandi, da pagliaccio. Olga ride ancora. Anche la Cicci ride, spruzzando briciole dappertutto. Olga si sente un po' sciocca: sciocca e contenta.

La va a prendere il papà. Il momento del congedo è il piú brutto: i grandi parlano, le bambine si guardano, è come se calasse un freddo, come se qualcosa le allontanasse. In quell'improvvisa distanza non viene piú voglia di tenersi per mano.

– Saluta la tua amica, dai, – dice il papà a Olga già incappottata, spingendola un po' in avanti con le due mani sulla schiena.

– Be', – dice Olga, e non le viene piú niente. Anche la Cicci tace: stringe un po' le labbra e fa solo un gesto con la mano aperta, strano, da una parte all'altra, come un ventaglio o un segnale segreto. Solo che loro non hanno segnali segreti. Cosa avrà voluto dire? Olga ha un po' paura di quell'intimità che evapora cosí in fretta. Chissà domani come le sembrerà la Cicci, pensa mentre l'ascensore chiuso nella gabbia la risucchia verso il basso e lei guarda passare i piani, prigioniera.

Per fortuna il papà sta zitto: sarà stanco. Il silenzio, cosí pulito, in macchina.

Casa sua, tornandoci, le sembra all'improvviso e per la prima volta un po' stretta. Sarà per i tappeti, pensa, scivolando sulle mattonelle di marmo dell'ingresso, sempre un po' troppo lisce, un po' troppo lucide.

La mamma le slaccia il cappotto come si fa con un bambino piccolo, le srotola la sciarpa, chiede, con una nota d'ansia: – Allora, com'è andata? Ti sei comportata bene? – Lei annuisce. – E cos'hai visto?

– Le bambole. La Cicci ha le bambole del mondo che le portano dai viaggi, le tiene tutte in fila sul letto. Abbiamo fatto merenda con la cioccolata. E giocato.

Poi basta. Non le viene da dire altro. E poi non è forse vero? Delle bambole, della merenda, e del gioco?

La mamma insiste. Poi lascia perdere. Parla con Giampiero, con il papà. E ogni tanto lancia un'occhiata a Olga, che risponde con occhi tranquilli, vuoti. Ci sono cose, pensieri da tenere per sé.

È meglio la sbarra

È meglio la sbarra o il centro? Tengono tutte per il centro.

Dice la Cicci: – Sei piú libera, c'è l'equilibrio. O ce l'hai o non ce l'hai –. Franziska: – Gli esercizi di riscaldamento sono una noia –. La Marisa: – È in centro che si vede se una è brava o no –. Olga tace, non osa dirlo ma vorrebbe tanto, però non le sembra che Marisa sia poi tanto brava: essere brava non ha niente a che vedere con essere magra e nervosa e darsi un sacco di arie. Quando sei in centro comunque la bocca la tieni chiusa, altrimenti finisci in un angolo in castigo, che vuol dire che mentre le altre lavorano tu sei ancorata al legno nell'elegante posizione di riposo suggerita anzi imposta dall'insegnante, le braccia alla sbarra, il collo di un piede che poggia contro la caviglia dell'altro, e stai lí. Quando sei in centro non basta ricordare la sequenza dei passi e metterli tutti in fila giusti. E nemmeno tenere le punte tese la schiena diritta il collo eretto le spalle basse le braccia leggere le ginocchia in fuori: no. Ha piú a che fare con un obiettivo, una meta: raggiungere la fluidità di un animale marino. Di solito le ballerine vengono paragonate a farfalle: – Lieve come una farfalla, danzò su un tappeto di fiori.

Che sciocchezza. Basta ascoltare il frastuono dei corpi che strisciano, saltano sul legno e ricadono pesanti, concreti. Oppure si dice che sono come uccelli: ma a Olga gli uccelli non piacciono, hanno un'aria preistorica e ostile, con quei becchi, gli occhietti, le zampe orrende. Una volta, da piccola, stava rincorrendo uno stormo di piccioni in una piazza del centro che ricorda enorme, è scivolata ed è caduta a terra seduta, battendo forte la schiena, che male, è rimasta senza fiato, incapace di respirare, mentre quegli animali, quei topi grigi alati prendevano il volo in un frullo rumoroso che le ha lasciato un'idea di sporco: è da allora, crede, che non ama i pennuti.

A lei le compagne impegnate al centro sembrano pesci, anzi, no, mammiferi acquatici, delfini, balene, anche foche: hanno quella lucentezza dentro le tutine grigie e nei capelli, quella solidità liscia che buca l'aria, la trafora, la disperde. Le sembra di non respirare ancora, come allora nella piazza dei piccioni, ma quella volta erano dolore e paura a mangiarle il fiato, adesso è l'ansia che le dà una visione cosí strana e bella, anche se le sue compagne non sono tutte belle e nemmeno tutte brave, Margot ha sbagliato il passo, Elise trema quando ferma l'*arabesque*, la Marisa è tutta spigoli, però insieme sono prodigiose, dentro la musica, insieme, insieme.

Lei è rimasta alla sbarra non perché sia in castigo, e nemmeno perché non conosca i passi, no. Non è stata assente, non deve mettersi in pari. L'ha chiesto a Madame in un sussulto di coraggio che passato l'attimo non riesce a spiegarsi, le è venuto su da dentro, ineluttabile: – Posso guardare e basta? Una volta sola.

Madame l'ha fissata e ha detto un sí minimo, con la testa e con gli occhi. Ecco, guardando le compagne incatenate in quella sequenza di esercizi difficile per i piedi e per le mani e per la testa, per la prima volta le sembra che abbia un senso essere lí, nonostante la mamma, nonostante la Marisa, la mensa, la fatica.

L'accordo finale è rumoroso ma poi si sfrangia in una serie di arpeggi dolci, sempre piú sommessi. Dietro il pianoforte verticale la signora Raggi è un'onda di capelli di un rosso improbabile che non si muovono nemmeno con gli allegro piú scatenati. Madame sembra soddisfatta, per quello che se ne può capire: – Bene. Respirate, respirate. Cosí –. Respirano, le bambine, e solo adesso affiorano i segni dello sforzo: i capelli s'inumidiscono ai bordi della fronte, i petti si sollevano e si abbassano in fretta, le teste ciondolano un po'. Dura poco, il riposo. Madame batte il bastone a terra, dice: – Ancora al centro, – con quelle sue erre di gola cosí eleganti, Olga le ha provate davanti allo specchio ma le viene una faccia e un verso da tacchina e niente di piú.

– Olga, questa volta vai, – dice Madame, senza nemmeno una erre, e Olga prende il suo posto nella prima fila, altissima non è mai stata, ma una ballerina deve essere *petite*, vero? Si ricomincia. Olga fa quello che può, e si sente un po' piú leggera del solito, adesso che è riuscita a vedersi da fuori, guardando le altre, piú di quanto non riesca di solito, perché c'è lo specchio, sí, ma è fatto per rapidi aggiustamenti, non per lunghe contemplazioni.

– Credi di essere la regina di Biancaneve? – ha detto un giorno Madame a Celina, interrompendo a metà un esercizio, e la musica della signora Raggi è andata avanti ancora una, due battute prima di fermarsi come strappando dei fili. Celina è avvampata abbassando la testa come se cercasse qualcosa per terra, un orecchino perso, quale orecchino? le ballerine non portano gioielli. Doveva aver perso qualcos'altro.

Olga non pensa mentre danza, anzi, sí che pensa, pensa che non pensa e si lascia portare dalla musica, è come se dentro la musica fossero impresse le tracce dei passi e tu devi solo mettere i piedi nelle orme giuste, andare avanti, non inceparti, un piede un braccio una mano un piede, c'è una logica, una sequenza, un disegno. Si può fare, si fa. Madame le guida con gesti impercettibili, eppure tutte conoscono il suo linguaggio segreto, è una magia, un prodigio. Si fa.

Comunque Olga preferisce la sbarra. Gli esercizi sono lenti, noiosi, dicono le altre, ma a lei piace quella lentezza che consente di avvertire che cosa fa un piede, che cosa pensa, perché deve avere un suo piccolo mondo di pensieri e anche di desideri, un piede, altrimenti non sbaglierebbe mai, se fossi solo tu a dargli degli ordini con la testa. Nella calma dei *rond-de-jambes* a Olga sembra che sia possibile capire le ragioni di un piede, il suo senso, che non è solo di fare passi per portarti in giro, ma anche di piegarsi, flettersi, inarcarsi, essere espressivo.

– Cosa fai? – le ha chiesto Giampiero una sera. Lei era stesa sul letto con le gambe in su che si guardava i piedi, li guardava muoversi pianissimo, come separati dal corpo, come per una loro volontà.

– Niente, – ha risposto lei. – Ho i piedi espressivi –. Lui non ha capito bene, altrimenti avrebbe riso, l'avrebbe presa in giro, come al solito.

– Sei matta, – ha detto, ed è andato a vedere la televisione di là. Vale anche per i mignoli delle mani, e per le spalle, e per i polpacci, comunque: tutto il corpo ha qualcosa da dire, quando si fa la sbarra. Dopo, al centro, non c'è tempo, è il momento di fare e basta. Ma la calma di quel dire, oh, quella calma. Olga dalla sbarra non si staccherebbe mai.

Banana o cipolla? La mamma a pettinarla è sempre stata brava. Le fa male, perché va veloce, e con i capelli lunghi comunque è sempre cosí, anche con quelli delle bambole, solo che loro non si lamentano. Olga arriva a lezione, la mattina, con due perfetti piccoli chignon alti sulla testa, uno da una parte uno dall'altra, come brioches appena sfornate. Ci vogliono per via degli esercizi a terra, quelli che ti devi stendere a pancia in su, per gli addominali e la schiena, e se te ne fai uno solo in mezzo, di chignon, lo spiacchichi tutto e magari una forcellina ti trafigge la pelle della testa. Invece con due non succede.

Alla Marisa gli chignon non vengono. Farseli, se li fa. Ha anche i capelli lunghi giusti, cioè un po' piú giú delle spalle. Ma poi dev'essere il tipo di capelli, cosí grossi, cosí neri, insomma, le scappano giú un sacco di ciuffi che fanno una specie di tendina nera sul collo.

La maestra Eliane la sgrida: – Marisa, sembri un cespuglio, andiamo –. E la rispedisce nello spogliatoio, dove la Bruna, poveretta, fa quello che può fare in due minuti: la riempie di forcine e le incolla i capelli a posto con la lacca. Resistono pochissimo, poi la tendina nera ricade giú e le forcine scappano e penzolano dalle ciocche come ossicini. Ci sono dei cannibali che si infilano gli ossicini delle loro vittime nei capelli, gliel'ha detto Clemente.

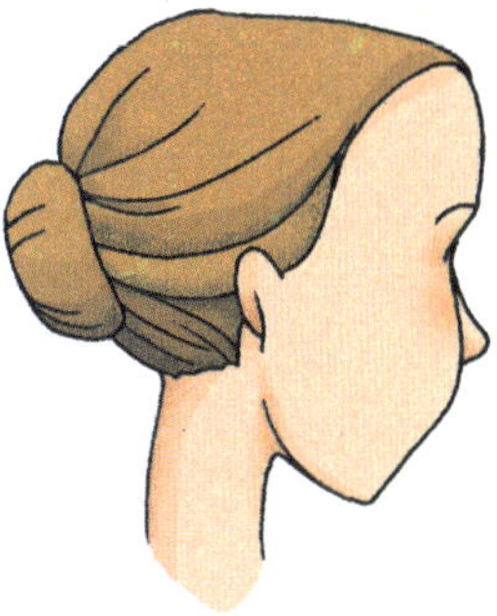

Ghislaine invece, che è piú grande e piú brava e gli esercizi a terra non li fa piú, ha una cipolla perfetta. Chissà come, perché da sciolti i capelli le arrivano quasi al sedere, sono tantissimi, e un po' ondulati. Forse per quello stanno insieme cosí bene. Una cipolla è una pallina appena un po' schiacciata sistemata bassa sulla nuca, in un equilibrio che sembra impossibile. Però lei a volte la chiude con una retina sottilissima, si vede solo se sei molto vicino. Funziona.

– Io preferisco la banana, – dice Elise, che è bionda, il biondo del grano, e ha i capelli sottili sottili da neonato.

– Per forza. A te viene solo quella, – ribatte Margot, che è un po' invidiosa perché lei i capelli ce li ha marroncini, un colore normalissimo, senza nemmeno un riflesso. Una banana è quando chiudi i capelli insieme, in mezzo alla testa, dietro, in modo che è come se sparissero, e fanno una specie di ricciolone avvolto in dentro, bello, armonioso, da dea greca. A Elise stanno molto bene. Margot si è tagliata i capelli a caschetto, che è il massimo, anzi, il minimo consentito, e al momento si deve accontentare di due codini da maiale.

– Ma ho fatto bene i conti, per il saggio saranno lunghi abbastanza, – dice. Abbastanza da raccoglierli, intende.

Invece Isotta i capelli se li è fatti corti come un maschio. Sta benissimo, perché ha una bella testolina scura scura e pulita, e cosí i suoi occhi grandi marrone sembrano ancora piú grandi. Olga gliel'ha anche detto, vincendo la timidezza, quando l'ha vista togliersi il berretto una mattina per liberare quella testa nuda da piccolo uccello. Isotta è arrossita. – Grazie, – ha detto. Si vedeva che le ha fatto piacere.

L'ha fatto apposta, comunque. Madame si è arrabbiata tantissimo. – Sei diventata *folle*? – le ha detto, davanti a tutte, senza la e.

Isotta non ha risposto, non aveva niente da dire. Ma è vero che l'ha fatto apposta.

– Io sono stufa –. L'aveva detto non piú di dieci giorni prima, nello spogliatoio. C'erano solo Olga, la Cicci e Franziska, che è la sua migliore amica. – Io sono stufa.

La Cicci, pratica, quasi materna, ha detto subito: – Siamo tutte un po' stanche, Isotta. È l'inverno, si fa piú fatica. Vedrai che con la primavera...

– No, non hai capito, – ha detto Isotta. – Ho detto che sono stufa, non stanca.

E sí, c'è una bella differenza, ha pensato Olga.

– È solo per via di ieri, – ha cercato di consolarla Franziska. – Ma lo sai com'è fatta Madame. Urla, poi le passa. In fondo è buona.

Ieri era successo che Isotta non stava attenta, non andava a tempo.

Olga, che non ha mai pensato a Madame come a una persona buona, ha stretto le labbra di nascosto, china sui propri piedi per sistemare le calzine e far finta di non ascoltare.

– Madame non ha niente che non va, – ha detto Isotta. – E le sgridate, sai, non m'importano. Anche perché ha ragione, me le merito. Io non vado bene. Non vado bene qui.

– Ma cosa dici, dai, – ha detto Franziska. – Non puoi arrenderti adesso, – ha insistito.

– Perché, c'è un tempo giusto per arrendersi? – ha detto Isotta. E poi si è tagliata i capelli.

La Marisa ha commentato subito, con un piccolo sorriso velenoso: – Ecco, si è condannata da sola. Meglio, una di meno.

Isotta ha smesso di venire a scuola in marzo. Franziska dice che si è trasferita alle medie vicino a casa, e l'ha vista giocare a pallone con una banda di maschi.

– Sembrava un maschio anche lei, con quei capelli, – ha detto. Ha preso sottobraccio Elise, è lei la sua nuova migliore amica, adesso, e sono andate via insieme, con le loro cipolline doppie perfette sulla testa, come principi di piccole corna.

La Marisa è arrivata

La Marisa è arrivata con un *cache-cœur* rosa che sembra una nuvoletta e gli scaldamuscoli coordinati che si afflosciano morbidi sulle caviglie, facendo sembrare meno bastoni quelle sue gambe secche e dure.

– Sono di Porselli, – tuba, allacciando a fiocco sulla pancia il cordoncino di lana per la centesima volta, disfa e allaccia, disfa e allaccia. Un po' nervosa, forse. – Me li ha regalati la mamma per il mio compleanno. Assieme ai biglietti per *Giselle*. Platea. Andiamo sabato sera, c'è la Bruni.

La Cicci ignora il lusso che trapela dall'ultima frase e sbotta: – Ma se Madame ha detto niente cose di Porselli, che dobbiamo tenere solo la divisa della scuola. Possono solo le grandi.

– Vedrai che a me le lascia tenere. Tanto non ci vede, quella, – ribatte la Marisa che sa tutto. – È cieca come un talpone. E non porta gli occhiali perché crede che le stanno male –. La Marisa sa tutto tranne i congiuntivi, pensa Olga con una punta di amara soddisfazione. Se avesse coraggio lo direbbe forte, facendo suo il tono prendingiro di Samantha: – Marisa ignorante –. E magari tenterebbe una cantilena stupida e offensiva: – Ti cascan le mutande.

Sí, lo sa che non fa nemmeno rima. Ma se lo dici in fretta non se ne accorge nessuno. Immagina la scena: tutte che ridono, ridono sul serio, piegate in due, afflosciate contro la sbarra, le lacrime agli occhi, le guance rosa, e a Marisa per la rabbia cascano davvero le mutande, le scivolano giú, prodigio, e sono mutande orribili, bianche a costine, alte fino all'ombelico, da bambina di due anni o da vecchiona.

Arriva Madame, la visione scompare, schiena diritta, su la testa, all'improvviso il branco scomposto di ragazzine molli si trasforma in un boschetto ordinato di giunchi: – Dovete essere flessibili come giunchi, – è una delle frasi preferite di Madame, che ne dà dimostrazione piegandosi fino a terra, accompagnata o forse trascinata giú da una mano perfettamente drappeggiata, si drappeggia una mano? Nel suo caso sí. Adesso comunque Madame è eretta e severa, e i suoi occhi di giaietto (Olga non sa cosa vuol dire ma è una bella parola, l'ha trovata in un libro, e le sembra che stia bene con gli occhi di Madame, che peraltro sono azzurri, e quindi è un clamoroso errore visto che il giaietto è nero, ma non importa, lo scoprirà con un certo disappunto solo verso i quindici anni) dardeggiano per l'aula, vedono tutto, trafiggono tutto. Non ha nemmeno bisogno di parole, basta un gesto, un dito puntato.

In un attimo *cache-cœur* e scaldamuscoli sono

un cumulo rosa sulla panca. La Marisa è il solito mucchio d'ossa, con una smorfia brutta che le piega in basso gli angoli della bocca. Olga nota un altro dettaglio agghiacciante: la Marisa non ha le labbra. Ha appena due righette sottili, la bocca è una fessura, sembra uno di quei pupazzi che fanno anche gli attori, come si chiamano, ecco, un Muppet. Solo che quelli sono colorati e fanno ridere. La Marisa mai, neanche adesso che è arrabbiata, e si può solo temere la sua prossima perfidia moltiplicata dalla furia. Non la si fa a Madame.

E sí. Non la si fa a Madame. Che oggi non è contenta di niente, nemmeno dei *pliés* di solito perfetti di Ghislaine, col suo polpaccio alto e muscoloso, il collo del piede cosí bello naturale, le spalle basse, il sorriso dipinto.

– Sembri una bambola meccanica, piú dolcezza, piú istinto, – le dice passandole vicino, e Ghislaine avvampa, non è abituata ai rimproveri, cerca di ammorbidirsi ma è chiaro che non ci riesce, non subito, non lí. Olga, che è due bambine dietro, le guarda con l'angolo dell'occhio il rossore duplicato dallo specchio e pensa con un po' di pena che se Ghislaine non è perfetta, nessuna lo può essere. Però è vero, che sembra una bambola meccanica. Forse è troppo perfetta.

Lei invece no. Ora Madame è al suo fianco, e non dice niente, ma le si uniscono le sopracciglia, diventano un solo arco disegnato in mezzo alla fronte, e quando gli occhi di giaietto, ma azzurro, le scorrono addosso come perline e si staccano da lei per posarsi su un'altra, quello che Olga prova non è il sollievo dello scampato pericolo, no: è come se non la volesse guardare piú, lei, Olga, per non inorridire davanti alla sua schiena abbandonata, alle braccia incerte. Olga non ha bisogno di vedersi allo specchio per sapere che ora è lei ad arrossire di orrenda vergogna. Non ce la farà mai, mai.

Sull'autobus

Sull'autobus che la riporta a casa la sera c'è sempre qualcuno che si alza per farle posto.

– Una bambina tutta da sola, dai, siediti che stai meglio, – le dicono, guardando lo zaino enorme gonfio di libri e la borsa da palestra che tiene insieme il resto. E poi la guardano bene, osservano l'acconciatura, la nuca scoperta, i capelli sempre alti e stretti nei loro nodi, e capiscono.

– L'è della scuola di ballo, l'è una ballerina, – dicono le signore di una certa età, ed è come se fosse uno stuolo di nonne orgogliose, sempre diverse, pronte a far festa per lei che l'è una ballerina. È strano, perché Olga lo sa, che di solito la gente sull'autobus ha il muso e pensa ai fatti suoi e non cede il posto nemmeno alle vecchiette ansanti che si issano sui gradini e stanno aggrappate ai pali con uno sforzo immenso. È lei, di solito, a farlo: d'altra parte è giusto, lei è giovane e forte, anche se tanto stanca, alle sei di sera. Ma questo le vecchiette non lo sanno.

Sí, è strano, e non ci si è ancora abituata, dopo mesi. La guardano con ammirazione, come se fosse un miracolo, frequentare la scuola di ballo, e Olga capisce che è proprio cosí, visto da fuori: un miracolo.

Che esista un posto dentro la città dove le bambine stanno tutto il giorno a imparare cose da grandi, che però non puoi proprio fare se non le hai imparate da piccola; e questo posto è famoso in tutto il mondo, e tutte le bambine prima o poi sognano di andare proprio lí, a imparare come si diventa stelle. Be', non proprio tutte. Ma tante.

Quello che la gente non sa è che ci si stanca, che è una fatica, e non solo un privilegio, e alla fine alle sei di sera su un autobus che tremando ti riporta a casa non hai proprio nessuna voglia di essere gentile e alzarti quando arriva la famosa vecchietta, che magari non è affatto sorridente e fragile, ma è grassa, ha le vene del naso tutte sporgenti e quell'odore forte di pelle anziana non lavata che ti ricorda qualcuno, anche se non sai bene chi, e ti guarda e comincia a brontolare: – Beata gioventú. Tutti nati stanchi, – e allora ti verrebbe da dire sí, perché? Sono proprio stanca e sto qui seduta aggrappata al sedile che è come una barchetta che mi porta in salvo dopo tanta fatica, ed è vero che vengo da un bel posto ma là dentro ci sono le Marise come squali con le loro bocche affilate e le parole che fanno male, e la fatica di tutti i giorni, e la paura di non essere abbastanza brava nemmeno per cominciare a capire come si fa a diventare stelle.

Olga appoggia la fronte al finestrino, dev'essere sporco ma non importa, è freddo come una mano adulta quando hai la febbre, vibra forte, le trema tutta la testa, le si agitano i pensieri. Alla fine svaniscono, confusi e fruscianti come la televisione quando non funziona, e resta solo la sera dall'altra parte del vetro, c'è molto buio e piove un po', i lampioni diventano strisce nella corsa, e Olga non sa piú chi è e nemmeno dove sta andando.

Non se l'aspettava

Non se l'aspettava che Samantha la venisse a trovare. Se si vedono in cortile va bene, possono anche stare insieme, giocare, parlare. Ma non si cercano, di solito, e poi Olga adesso ha cosí poco tempo per tutto il resto che vede di rado anche Clemente.

E invece se l'è trovata sulla soglia della camera, con la mamma che la spingeva in avanti e diceva: – Ma guarda chi c'è, – una voce finta, perché alla mamma non piace Samantha, dice che è una bambina poco seguita, e Olga s'immagina una fila di mamme di quelle brave che seguono le loro bambine ovunque, anche a scuola, sempre due passi indietro, anche nelle cose segrete, come se fossero legate a un filo, e d'istinto tiene per le bambine poco seguite, anche se Samantha non è proprio una sua amica.

E poi cosa vuol dire, la mamma di Samantha lavora, e lei ha imparato a pettinarsi da sola quando aveva sette anni e come risultato è bravissima con i capelli, a volte l'unico gioco che fanno è che Olga sta ferma seduta e l'altra la pettina, non parlano, lei non fa male, è attenta. Anche adesso, praticamente senza dirsi niente, si siedono insieme sul letto e subito le mani di Samantha vanno ai capelli lunghi di Olga.

– Clemente va male a scuola, – dice Samantha dopo un po'. Olga sente quelle mani correrle sulla testa e darle piccoli strattoni, non si guarda, non cerca lo specchio, non è importante se sta bene o no.

– Impossibile, – dice tranquilla.

– Ti dico che è cosí. Attraversa un momento di crisi. L'ha detto la prof di italiano a sua mamma. Io l'ho sentita perché dopo toccava a mia mamma fare il colloquio e siccome non sapeva dove mandarmi sono stata a scuola con lei, e allora ero lí che camminavo davanti all'aula professori.

Sono in classe insieme, Clemente e Samantha.

– Prende brutti voti?

– Non sono proprio brutti. Sono piú brutti di prima. È come se fosse diventato… – s'interrompe, deve fare un nodo complicato. – Normale, ecco. Se uno prima era bravo e diventa normale, è un disastro. Sua mamma è una furia. Dice che se non si rimette a studiare come prima lo chiude in casa e butta via la chiave.

Sí, pensa Olga. Capisce. Per Clemente essere normale è un disastro. È sempre stato il piú bravo di tutti, nel senso di quello che sa le cose.

A lei comunque non sembra cambiato. È sempre gentile, e continua a sapere le cose. Forse non le mette nei temi, non le dice ad alta voce. Forse non gli interessa di farle sapere agli altri. Clemente è speciale, e questa non è una cosa che può cambiare, almeno per lei.

– Tu ti senti normale? – chiede a Samantha, d'un tratto.

Samantha è cosí stupita che le lascia andare i capelli di colpo. Cadono giú, a piombo, una tenda che oscilla. Di solito Olga non fa domande strane. Quella lo è.

Ci pensa. Olga si volta a guardarla, cerca di leggerle la risposta negli occhi.

– Non lo so. A volte mi sembra di sí. Non è che voglio delle cose speciali. Non sono neanche matta, – ridacchia. – Sai, forse non voglio piú fare la ballerina della tivú. Forse è meglio se faccio la parrucchiera. La Antonia, dove va mia mamma, dice che quando compio quattordici anni mi prende a lavare le teste. Fa un po' schifo, ma io me ne frego. Mi metto i guanti. E quando te fai la ballerina sul serio vengo in teatro a pettinarti con le piume e le perline. Quello sí che mi piace. Pettinare le spose, le attrici, le ballerine. Va bene?

Olga sorride. Fare la ballerina sul serio al momento le sembra piú facile che fare la parrucchiera. Lei non ci riuscirebbe mai.

O forse si può fare tutto, se si deve. Ma perché una dovrebbe fare la parrucchiera?

Samantha sembra aver sentito quella domanda silenziosa, perché dice: – È meglio, sai. Per me è meglio. È piú facile. Non faccio tanta fatica. A me forse non mi va di fare fatica. Come a scuola, – ridacchia di nuovo. – Che cosa m'importa?

E all'improvviso a Olga sembra che siano belle

solo le cose difficili. Essere speciale come Clemente, che non sarà mai normale anche se studia di meno. Diventare una stella. Perché poi difficile non vuol dire impossibile, no?

È che non sei abbastanza brava

– È che non sei abbastanza brava. Non ti impegni.

E tu come fai a saperlo? le viene da urlare. Cosa vuoi sapere, tu, della fatica, delle ossa che fanno male, dei muscoli che tirano, dei piedi che vanno per conto loro, senza ubbidire?

Ma l'urlo, come al solito, le resta incastrato in gola. Lei deglutisce, ma quello non va giú. È come una pastiglia presa con troppo poca acqua.

La mamma riprende: – Senza impegno non si combina niente nella vita. Diglielo anche tu, Giovanni. Ho ragione, vero?

Oggi c'era il colloquio con gli insegnanti.

Lo si capisce perché la mamma ha ancora la gonna del tailleur bello, quello che si è fatta fare per la comunione di Giampiero, azzurro, con la stoffa che fa come dei nodini e viene in su, bouclé, si chiama.

Di solito appena rientra si cambia subito, mette una di quelle sue gonne da casa che non hanno colore né forma. Stavolta no, ed è strana, ha ancora le scarpe, anche, è strano avere quella signora arrabbiata che gira per casa e pensare che è la mamma.

Il papà è in piedi alla finestra, di spalle. Guarda fuori, gli piace guardare la notte dall'altra parte del vetro. Si volta, sospira. Si capisce che non ama essere disturbato quando guarda la notte.

– Ma lasciala stare. È solo una bambina. Se ce la fa, bene. Altrimenti pazienza. Magari il suo destino è di fare l'astronauta, cosa vuoi sapere. Vero, stella? – E le sorride, complice. Olga dovrebbe sentirsi tranquillizzata da quello sguardo comprensivo. E invece no.

E no, papà. Non è questo che voglio da te. Vorrei che mi prendessi in braccio come quando ero piccola, come fai con Giampiero. Che mi consolassi e mi dicessi all'orecchio che tu sei sicuro che ce la farò, perché sono bravissima, perché sono capace, devo solo crescere e imparare, ma ce la posso fare. Non voglio fare l'astronauta, l'hai detto tu che bisogna studiare la matematica, e io la odio, la matematica. Non so che cosa farò, ma ho bisogno che tu mi dica che sarò bravissima comunque. Ci vuole tanto a capirlo?

Olga si sente come schiacciata sul divano dall'ansia, da un dolore che le preme il cuore e le ruba l'aria. Allora è vero che è da quella parte lí, il cuore, visto che lo sente. Adesso lo sa. Chiude gli occhi, cosí non vede piú i grandi della sua vita, quelli che le sono toccati e che non può cambiare o riportare indietro, e non vede piú nemmeno le pareti beige della sala che le sembrano cosí strette, è come se le si chiudessero addosso per schiacciarla e tenerla lí per sempre. In teatro non è cosí, una volta la Cicci ce l'ha fatta entrare di nascosto e lei ha guardato in su, strana cosa da fare in un teatro, erano sul palcoscenico, ma dietro, e le è sembrato che il soffitto non ci fosse, che le quinte si perdessero in un nero velluto indistinto, e le è girata un po' la testa, per un attimo. In teatro non c'è il soffitto. C'è solo il cielo di un posto immaginato, una foresta o un lago. E forse, se ti arrampichi su una di quelle funi che penzolano senza una ragione apparente arriverai a toccarlo, quel cielo pensato. Olga non è mai stata brava ad arrampicarsi. Ce la farà? Si concentra sulle mani e sui piedi, le mani e i piedi, e all'improvviso non vede piú le pareti beige di casa sua, e sta salendo, dai, ancora un po', piú su, piú su. Arrivata. Finisce cosí presto il cielo? Per forza, è pur sempre il cielo di un teatro, è finto, tutto finto. Ma da lassú si vede tutto molto bene, le ballerine sono bellissime e quello che fanno sul palcoscenico è disegnare, disegnano con i loro corpi, e si vede che si divertono, si divertono da pazze, forse è per quello che sorridono sempre, dev'essere per quello.

Devo fare qualcosa per sorridere, decide Olga scivolando giú dalla fune per ripiombare sul velluto del divano, beige anche quello. In teatro, a scuola, il beige è un colore che non esiste. Una ragione dev'esserci. Riapre gli occhi, c'è ancora la schiena del papà alla finestra, non è cambiato niente.

La vedi quella là?

– La vedi quella là?

Olga segue con lo sguardo lo sguardo della Cicci, insieme osservano una ragazza grande, il petto largo che spinge in avanti una tutina troppo stretta, il sedere che straripa dietro, rotondo, troppo. Eppure è un miracolo come la gamba destra si elevi in un'*arabesque* perfetta, come il peso del petto non la trascini a terra.

In questo momento sembra uno di quegli uccellini di vetro dal collo lungo pieni di un liquido colorato che oscillano bevendo nel bicchiere, Olga ne aveva uno, andava su e giú, su e giú, un'ipnosi, finché Giampiero non gliel'ha rotto. Anche le braccia disegnano un'ala di gabbiano, sono belle da vedere. Se solo non ci fosse quel petto, quel sederone.

La Cicci ora guarda lei, negli occhi. – Hai capito, vero?

Olga restituisce lo sguardo, ma è perplessa.

– No.

– È esplosa, non vedi? Lo sviluppo. Si chiama Adele. Quando è partita per le vacanze l'anno scorso era uno stecco. Adesso ha le tette, e tutto il resto. Non potrà mai essere una ballerina. Mai.

– Ma è brava.

– Non basta. La sua mamma è magra magra, non lo si poteva certo immaginare. Lei prima era normale, aveva un po' il sedere basso ma pazienza, quello poteva anche andare. Chissà, avrà preso da qualche zia cicciona.

– E allora?

– E allora niente. Ormai l'anno è cominciato, ti buttano fuori solo se fai qualcosa di gravissimo, questioni di disciplina, voglio dire. Ma vedrai che a settembre non torna. Non la fanno tornare, è inutile, è tempo perso. Era la cocca di Madame, ma non le servirà a niente.

Olga pensa con curioso orrore a quella parola, sviluppo, e a tutto quello che vuol dire. Lo sa, certo che lo sa. No, non gliel'ha spiegato la mamma. Però le ha messo in mano un libretto pieno di disegni che sembrava scritto per un bambino di sei anni, e quello che c'era da capire l'ha capito fin troppo bene.

Le fa pena quella Adele che si è gonfiata nei posti sbagliati. Potrebbero tentare con una dieta. La chirurgia plastica. Le preghiere. Potrebbe sempre succedere un miracolo, se lei prega molto magari una mattina si sveglia ed è magrissima e le tocca buttar via tutti i vestiti perché le ballano addosso, ma lei è contenta che ballino, perché cosí può ballare anche lei, tornare a ballare.

Che cosa farà, adesso che ha sedici, diciassette anni e la buttano fuori? Dopo tutto quel tempo dedicato ad affilare le *arabesques*, a domare le braccia? Andrà come una pazza in un mondo che di danza non capisce niente e non capirà nemmeno la sua malinconia. Smetterà di muoversi e si gonfierà ancora di piú. Fra un anno una di loro la incontrerà per caso sull'autobus e poi racconterà alle altre, con un po' d'affanno: – Ma sapete chi ho visto? La Adele, sí, quella brava che poi è ingrassata troppo. Be', quasi non la riconoscevo, peserà cento chili, un elefante. Poverina –. Sempre che ci sia qualcuna pronta a dire poverina. In fondo, come dice la Marisa, meglio, una di meno.

Ma tutta quella fatica?

Come farà?

Come farà? Se è cosí difficile anche solo mettere le mani come si deve, come farà a pensare a tutto il resto? Potesse dirlo a qualcuno: ma a chi? L'unica è quell'altra Olga troppo seria che la guarda dallo specchio intero in camera della mamma quando lei cerca di ripetere da sola i *pliés*, di dare loro la grazia fluida che riesce solo a Elene, a Carola e a poche altre, quella che fa anche di un banale *battement tendu* un vero, fresco, perfetto gesto di danza.

Non ci riuscirà mai. La butteranno fuori alla fine dell'anno. Gliel'ha già detto la Marisa, con quella sua voce molle, che ti si appiccica addosso, sembra la lingua di un formichiere: i formichieri, gliel'ha detto Clemente, hanno la lingua lunga fino a novanta centimetri. Lei se la sente addosso, la voce-lingua della Marisa, che avvicina il viso al suo – brutta, gli occhi marrone sporgenti visti cosí da vicino sono bulbi di lampadina – e le sussurra: – Ti buttano fuori di sicuro. Il prossimo anno del nostro corso ne tengono solo cinque, massimo sei. Te vai di sicuro. L'anno scorso ce n'era un'altra che è arrivata fresca fresca con quell'aria da sotutto, la Amélie, guarda, era anche piú brava di te, almeno a lei il *battement tendu* le veniva, non come te che hai la gamba tutta molle. E alla fine l'hanno buttata fuori lo stesso. Io no, il mio papà conosce il sovrintendente. Io di qui non mi muovo.

E si china ad accarezzarsi gli scaldamuscoli che ormai porta di nascosto soltanto negli spogliatoi, e le si vedono le orrende vertebre che dalla base del collo corrono giú sporgenti, sollevando la pelle, ricoperte di peli scuri, e poi per fortuna spariscono nel grigio pallido della tutina. Sembra un animale, la Marisa, vista cosí: un animale preistorico, tutto placche e spuntoni, con due nuvole dalle parti dei piedi. Si alza di scatto, con la rapidità di un serpente, come se si fosse sentita addosso quello sguardo, e sibila tra i denti grossi quadrati: – Ti buttano fuori, vedrai. Allora vediamo chi ride.

Non ride, Olga, ma non rideva nemmeno prima, la Marisa le è profondamente antipatica ma non per questo le verrebbe in mente di prenderla in giro, è una cosa che non sa fare, ci vuole un'abilità anche per quello, e lei non ce l'ha.

Non ride, invece stira le labbra in un sorriso da palcoscenico, cosí forte che le sembra che le si spacchi la pelle, e guarda dritto davanti a sé, un punto del muro dove è caduto l'intonaco e sotto il bianco si vede che c'era un verdino pallido, guarda quel punto senza mai smettere, lo dice sempre Madame quando fanno i giri, guardate il punto, quel punto, non lasciatelo mai scappare, altrimenti perdete l'equilibrio.

Olga l'ha già capito da un pezzo, almeno questo: l'equilibrio non è solo questione di equilibrio. Cosí continua a fissare il punto come se volesse piantarci un chiodo con la forza della volontà. Avverte con la coda dell'occhio la Marisa che la guarda, che alza le spalle e dice: – Ma dove guardi? Sei strabica? Oh, sono qui! – E poi, quando capisce che lei non risponderà, aggiunge, voltandosi per andar via: – Per me sei proprio matta. Fan bene, guarda, a buttarti fuori. Qua, matte non ne vogliamo.

Ecco. È andata via. Ma Olga non molla ancora, il sorriso finto le fa male, lo sguardo le si annebbia. Passa la Cicci, le dice: – Olga, stai bene? Non avrai mica la febbre? – e le posa la piccola mano gelata sulla fronte, la Cicci è tutta ossa e nervi, è sempre fredda, non suda mai. Olga allora cede, lascia andare la fronte umida contro quelle dita di ghiaccio, respira a fondo, una, due volte.

– Non è niente, – dice.

La Cicci la scruta: – Ti ho vista che parlavi con la Marisa. Non badarle, a quella. È una biscia. Dai, andiamo a scaldarci un po'.

Detto da lei sembra uno scherzo: ma andiamo, Cicci, lo sanno tutti che tu resterai gelata come un piccolo rettile. Però il piccolo rettile la guarda di sotto in su e ha gli occhi buoni, un po' da lucertola. Sono carine, le lucertole. Mica come le bisce.

Cosí Olga fa segno di sí con la testa, la segue. Finalmente può smettere di sorridere.

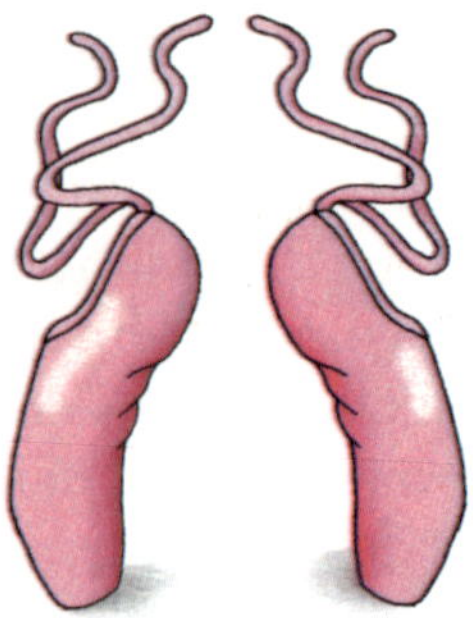

Il giorno dopo, all'ingresso, la Cicci le corre incontro tutta agitata, scende fino a metà scala, si capisce che la stava aspettando. Non la saluta nemmeno, dice solo, senza pause: – Lamarisaestataespulsa.

Olga ci mette un istante a dividere le parole, a sistemare le maiuscole almeno nella testa perché quel grumo di lettere torni a essere una frase. E poi capisce, capisce.

Le torna in mente quella frase sentita qualche giorno prima: – A metà anno ti buttano fuori solo se fai qualcosa di gravissimo.

Che cosa può aver fatto di tanto grave, quell'animale preistorico?

A parte prendere in giro tutte, ferocemente, senza pietà.

A parte mettersi i vestiti che voleva lei, sempre.

A parte fare il verso a Madame dietro le sue spalle. Una scuola di danza è piena di specchi, forse avrebbe dovuto stare piú attenta.

Forse tutte queste cose messe insieme fanno qualcosa di gravissimo? Olga sospetta di sí, ma crede di no.

E infatti non è vero. La Marisa non è stata espulsa. La Cicci le è corsa incontro sul serio, a metà scala, ma solo per prenderle la mano e ti-

rarla in fretta, su, su, che ti devo far vedere una cosa. La cosa tanto importante è una minuscola deliziosa confezione di sticker un po' gonfi, come a tre dimensioni, colore dominante rosa, tema unico la danza. Coppie di scarpette rosa, un diademino da principessa, un tutú, una gattina sulle punte.

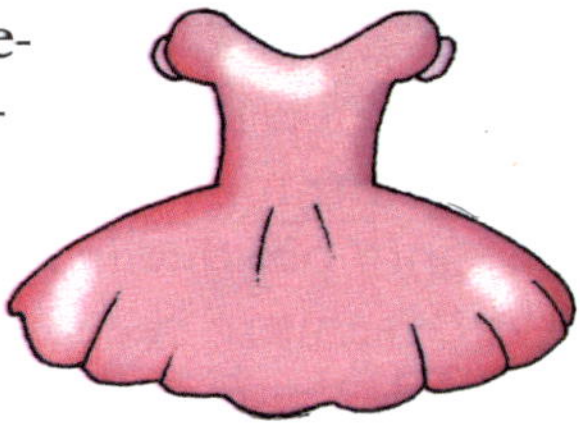

– Carini, – dice Olga, accarezzandoli con la punta dell'indice. Sono cicciotti, vien voglia di schiacciarli. Sembrano ripieni come caramelle. Magari se premi viene fuori una specie di liquido luccicante.

La Marisa si affaccia sopra di loro, incombe, dice: – Che scemate –. Va via.

Anche gli sticker però vanno via. Dopo l'intervallo della mensa, nello zaino della Cicci non ci sono piú.

Olga guarda la faccina della sua amica, prima perplessa, poi addolorata. Non è che proprio la capisca, lei per quelle cose non è mai impazzita, le matitine coi personaggi, gli astucci, il resto. Non si è mai affezionata a un oggetto, nemmeno a un pupazzo di pelo.

– Dai, – le dice, cercandone lo sguardo un po' umido. – Sono cose che si ricomprano –.

La Cicci si ostina a tenere la faccia bassa per un po'. Poi la tira su di scatto, e gli occhi sono asciutti, enormi: – Hai ragione, – dice. – E poi siamo grandi per quelle robe lí, vero? La mamma me lo dice sempre che sono grande.

Olga non sa. La Cicci le sembra cosí piccola, a volte, e non sono solo le misure. È come se vivesse in un mondo meraviglioso, rosa come i piccoli adesivi morbidi che qualcuno le ha rubato, un mondo in cui tutto va sempre bene e basta scrollare le spalle e battere le mani perché i problemi, se ce ne sono, se ce n'erano, prendano il volo come uccelli spaventati. Un esserino cosí ti viene voglia di proteggerlo. Chiunque potrebbe fargli del male.

Ed è per questo che Olga, senza nemmeno capire bene, si ritrova, finita la scuola, a tendere un agguato alla Marisa. No, è troppo. Diciamo che la aspetta, la Marisa è sempre l'ultima a uscire di classe perché è molto disordinata e ci mette un secolo a mettere via le sue cose, e quando finalmente è pronta sembra un cammello, tutta carica di borse gonfie e malchiuse. La Marisa, anche se è di spalle, china sullo zaino, sente lo sguardo di Olga che le buca la schiena e si volta. – Be'? – dice, tornando a trafficare con i quaderni.

– Be' niente, – dice Olga, ed è come se parlasse qualcun altro. – Adesso tu tiri fuori gli adesivi della Cicci.

– Perché, non li trova piú? – dice la Marisa, odiosa. È come nei gialli, pensa Olga. L'assassino si tradisce sempre. A volte ti chiedi come possa essere cosí stupido da fare certi errori. Ma solo nei gialli cosí cosí.

– Tirali fuori, altrimenti...

– Cosa fai, la spia? Sai cosa gliene frega a Madame dei vostri adesivi, che poi non stanno neanche attaccati...

Olga non farebbe mai la spia. Pensava piú a un pugno sul naso, un morso su quel braccio d'ossa, probabilmente si farebbe male lei, dovrebbe stare attenta a dove affondare i denti. Perché quello che le monta dentro è una rabbia fisica che le fa stringere i pugni. E la Marisa ti mette addosso proprio quella voglia lí, di sbatterla contro il muro. Ma lei non lo sa. Crede che Olga abbia davvero intenzione di dire tutto a Madame.

Probabilmente per un furto non ti buttano fuori. Ti danno una nota, forse, e vai dalla direttrice. Quindi a cosa servirebbe?

Olga è ancora lí, immobile, quando la Marisa si volta di scatto e le lancia addosso i foglietti degli adesivi. La colpiscono al petto e si sparpagliano a terra.

– Ma teneteveli. Volevo solo vedere com'erano fatti. La mamma me ne compra quanti ne voglio.

Olga non dice altro. Raccoglie i foglietti, li spolvera con la mano, se li infila nella tasca dietro dei jeans. Esce.

– Spia! – la insegue la voce della Marisa.

La Cicci è fuori che aspetta la sua mamma. Olga le si avvicina, si sfila gli adesivi di tasca, glieli dà. – Erano sotto il calorifero. Per quello che sono un po' sporchi. Forse ti sono caduti.

La Cicci li prende, esitante. – E tu sei rimasta su a cercarli? Per me? Ti voglio bene, Olga –. E corre via, verso lo sportello spalancato della macchina blu.

Ci vuole cosí poco, a farsi voler bene? Olga, rimasta sola, va verso la fermata dell'autobus. Ma lo sa, che non è solo quello. È contenta. Finalmente è riuscita a fare qualcosa per la Cicci, la piccolina che la consola, la incoraggia, la fa ridere. Essere amiche dev'essere questo. Scambi. Scambi, ma come ti viene. Dai quello che puoi, quello che sei. Prendi quello che ti fa star meglio.

E dopo ti senti bene.

Clemente si è fidanzato

– Clemente si è fidanzato con la Patti. Sai, quella della seconda B con i capelli biondi lunghi fino al sedere. Li ho visti ieri che si davano la mano all'intervallo. Giuro. Giuro.

Michela si dondola sui piedi come barche, Olga glieli guarda, sono enormi nelle scarpe da tennis molto gommose.

– Sí, le ho comperate del trentasette anche se porto il trentacinque perché volevo proprio queste qua gialle. In classe ce le hanno tutti. E la mamma è stata contenta perché cosí mi durano di piú, – spiega Michela seguendo lo sguardo di Olga. E poi, senza farsi distrarre: – Ti dispiacerà. Vero?

Andrea la femmina si tiene a distanza, è come se prevedesse una rissa, un'esplosione di rabbia. Ma Olga non è una che urla o picchia, e poi perché dovrebbe darle a Michela? Semmai a Clemente, uno schiaffo, rompergli gli occhiali, pestarli sotto i piedi fino a ridurli in briciole, che resti solo la montatura di metallo tutta storta. Ma no, non lo farebbe mai. Si sente arrossire, però, una sensazione di calore spiacevole che parte dal cuore e si allarga, e le prende lo stomaco, glielo annoda, e le bolle le guance, tutta la pelle. Respira, conta fino a dieci dentro la testa, alza lo sguardo, piano, concentrata.

Certo che le dispiace.

Certo che le dispiacerebbe, se fosse vero. Lei Clemente l'ha visto la sera prima, e le ha portato anche un regalo, un anellino dorato con un piccolo cuore verde in mezzo.

– Per il tuo compleanno, – le ha detto. – Lo so che è passato, ma ero prigioniero in casa. A studiare, – ha spiegato. – Poi ho preso ottimo nella verifica di geografia e mi hanno rilasciato –. Non ha detto ti amo, ti voglio bene, quelle cose lí. Non è uno che parla tanto, Clemente. Però l'ha guardata con uno sguardo bello, fondo, che l'ha fatta star bene.

– Mi ha detto che le ha mandato un biglietto con una poesia. La Patti, dico, – riprende Michela, strusciando i piedi nella polvere. – Me l'ha anche fatto leggere. Dice cosí: come la balena lascia la scia, cosí ti lascio la firma mia. Con amore, – ha recitato, Michela, come se fossero davvero versi di un poeta, quelli lí.

Clemente non scriverebbe mai una cosa cosí stupida.

Olga alza la testa, alza il mento, fissa Michela come se dovesse prepararsi per una serie di giri in mezza punta. È chiaro che ha mentito, quella. È per questo che le è salita dentro quella rabbia calda. Per la bugia. Per la voglia di far male che c'è in quella bugia.

Ma Olga si sente forte, fortissima. Riesce perfino a sorridere. Le ballerine sorridono sempre.

E non portano gioielli. L'anellino di Clemente è finito nella scatola di latta delle cose preziose: un pezzo di vetro azzurro ridotto a un confetto dal mare, una stella alpina – sarebbe proibito raccoglierle, ma insomma – con i suoi petali incappottati di lanetta, un sacchetto di stoffa imbottito di fiori di lavanda che profumano sempre meno. Non importa se non lo mette, quell'anello: però ce l'ha. È suo.

Arriva Samantha, correndo, rumorosa, già un po' sudata anche se non ha ancora giocato a niente. – Che musi avete? È successo qualcosa?

– No, – dice Olga, senza togliere gli occhi di dosso a Michela. – Non è successo niente. Vero?

Michela gratta la suola enorme per terra, come lo zoccolo di un cavallo. Poi si gira e se ne va. È come se a ogni passo sprofondasse nelle scarpone e tornasse su, spinta da una molla invisibile. Si muove come un pagliaccio. Fa ridere. All'improvviso si mette a correre, perde una scarpa, si volta furtiva a vedere le loro facce, si china a raccoglierla, scappa via zoppa, sparisce dietro l'angolo.

E poi arriva Clemente sulla bici, frena con i piedi, le avvolge in una nuvola di polvere bianca brillante. Andrea la femmina starnutisce. Una, due, tre volte. Ridono.

– A cosa giocate? – chiede.

– Oh, a niente, – risponde Olga. – Parlavamo.

E Andrea la femmina, irrefrenabile: – Michela dice che sei fidanzato con la Patti. È vero?

Clemente non si scompone. Non batte ciglio. Ha gli occhi cosí grandi dietro le lenti.

– Veramente sono già impegnato, – dice serio. E poi, senza guardare Olga: – Allora, a cosa giochiamo?

Dopo, la sera, ripensandoci, con la scatola di latta delle cose preziose sulla pancia, chiusa, che va su e giú assieme al respiro, Olga pensa che Clemente è perfetto cosí com'è, con le cose che non dice. È contenta.

Forse non si sposeranno mai. La mamma dice sempre che la sua amica Gianna ha sposato il fidanzato che aveva dal liceo e infatti guarda come sono finiti: divorziati. Se pensa al futuro, Olga non riesce a vedere se stessa grande vicino a Clemente. Non riesce a vedere nemmeno se stessa grande e basta, se è per quello. Il futuro è cosí spaventosamente lontano. Ma adesso Clemente c'è.

Parlano di lei

Parlano di lei. Qualcuno ha pronunciato il suo cognome, e lei, che stava passando davanti alla porta della direzione, adesso non sa piú cosa fare, se andare avanti e chiedersi per sempre che cosa stavano dicendo, o fermarsi ad ascoltare, cosa che non si fa. A dire il vero ferma lo è già, come congelata, un passo dopo la soglia socchiusa. Guarda dentro, e non vede altro che uno scorcio di scrivania: ma non sono sedute lí. Probabilmente sono in piedi vicino alla finestra che si apre sull'unico albero del cortile, è il posto preferito da Madame, lei seduta non ci resta mai.

Parlano. La tentazione è troppo forte. Olga ascolta.

– Non so. Strutturalmente è perfetta. Per quello l'abbiamo presa, per quello l'abbiamo inserita in un corso avanzato, anche se di solito... lo sapete. Ci sono cose che fa benissimo. Altre... – Madame, la sua voce fonda, un po' velata.

– È come se qualcosa la bloccasse. Hai ragione tu, comunque. È qualcosa che viene da dentro, – la maestra Eliane, la sua voce sommessa.

– Datele tempo. Lo sapete com'è. Soprattutto per chi arriva da fuori, – una terza voce, giovane, bassa e calda, che Olga non riconosce.

– Non possiamo dargliene molto. Non ce n'è, – ancora Madame, seria.

A questo punto Olga riprende a camminare, come se l'incantesimo che l'aveva ghiacciata lí fosse svanito. Riascolta quelle parole pesanti. Non so. Qualcosa che viene da dentro. Tempo. Non ce n'è.

È solo perché a volte non le viene la spaccata? Eppure al mare era la piú brava di tutte a farla, non è una cosa nuova. Sei una bambina da circo, le diceva il papà ridendo, guardando le sue acrobazie. Sapeva fare anche la ruota, benissimo, be', lei non si è mai vista, non è una cosa che si possa fare in casa davanti allo specchio perché vai a sbattere, ma lo dicevano le altre che era perfetta, alta e diritta.

È solo la spaccata? No.

A volte è come se i piedi non le obbedissero. Le altre vanno avanti, guidate dalla musica e dai gesti appena accennati di Madame, e lei si ferma, una marionetta a cui siano stati tagliati i fili. Ma che scherzo è? Madame la guarda, occhi incendiari, e allora lei raddrizza la schiena, ascolta le note e a un certo punto riesce sempre a rientrare, e in qualche modo arriva alla fine. Ma quel vuoto, quel buco? Come si fa? E se capitasse, mettiamo, al saggio? Con il teatrino tutto pieno? (Ha visto le foto dell'anno scorso che la Cicci le ha portato da vedere in un album con la copertina di stoffa rosa). Che orrore, che vergogna.

Eppure le piace, quello che fa. Adesso le piace. Subito aveva deciso di no, anche solo per fare dispetto alla mamma. Poi, a un certo punto, la mamma non è piú stata importante. La mamma non è lí con lei tutti i giorni, tutto il giorno, a ripetere i *pliés*, a fare la sbarra, a imparare i salti. Non c'è. Non c'entra niente, non sono i suoi piedi, le sue mani a fare le cose che bisogna fare.

E allora non conta piú niente, cosí come non contano le domande insinuanti della sera, di tutte le sere, ma va tutto bene? sei brava? ti comporti bene? Sí sí sí, lei risponde veloce guardando da un'altra parte, e poi invece no, alza gli occhi e li fissa in quelli della mamma con i loro orli di ciglia nere a bastoncino, e non parla, non dice niente, ma spera che la mamma lo capisca, il linguaggio degli sguardi, perché questo le dice, chiarissimo: non sono cose che ti riguardano.

A voce non glielo direbbe mai. Si prenderebbe un ceffone, ma non è per quello, poi passa, e la mamma si pente sempre, quando la picchia, subito dopo la stringe forte, cosí forte che lei si sente soffocare, e dice facciamo la pace? facciamo la pace?

È che certe cose non si dicono. Non ce n'è bisogno. E forse questo la mamma l'ha capito, perché si accontenta di quelle risposte evasive, di quei sí sfuggenti. Olga ha dodici anni ed è entrata, sulle mezze punte, senza far rumore, alla sua maniera silenziosa, in un mondo in cui conta solo quello che sei tu, quello che fai tu. Le regole sono chiare: o sei, o non sei. O fai, o non fai.

È per questo che non capisce. Le pare che la sua testa sappia benissimo che cosa essere, che cosa fare. Le gambe a volte no.

E il cuore?

È per questo che le viene da piangere cosí spesso, crede.

Se potesse chiedere aiuto a qualcuno. Ma a chi?

Basta

Basta, eh: adesso basta. Non sa che cosa è successo, in verità un bel niente, i giorni sono passati dopo i giorni, ci sono state cose da fare, sequenze nuove di passi da imparare, anche difficili, per il saggio. Ormai non si parla d'altro. E forse è l'idea di concentrarsi su qualcosa di breve (non staranno in scena piú di un quarto d'ora in tutto) e concreto (mai come ora il corpo sente la fatica) a darle una forza nuova. Insomma, bisogna farcela. Bisogna pensare con la testa, col cuore.

E poi, meraviglia, al saggio faranno la sbarra. Piú una cosa brevissima in centro, ma soprattutto la sbarra.

– È per mostrare al pubblico come si lavora nella nostra scuola di ballo, – spiega Madame, facendo lunghi passi lenti, avanti e indietro, avanti e indietro. – Sarà come una giornata normale. Non abbiamo bisogno di lustrini, per far capire chi siamo. Vero?

Tutte annuiscono, come le pecore. Dichiarazione d'orgoglio che dopo, nei camerini, si tramuta in istantanea delusione e nervosa protesta.

– Vuol dire niente costumi, avete capito? – Ghislaine è sull'orlo delle lacrime. Un giorno Aida le ha fatto provare di nascosto un tutú rigido, di quelli veri, azzurro pallido con i ricami d'argento. E le altre a guardare. Era bellissima Ghislaine, sembrava che fosse nata per stare dentro un tutú.

– E invece laviamo la tutina e via. Scarpette bianche e via –. Prende le sue, le fa oscillare, le scaglia lontano. Colpiscono con un tonfo morbido la parete di fronte, atterrano piatte, stanche, asciutte. Appassite. Può appassire un paio di scarpette?

– Madame dice che non abbiamo bisogno… – tenta la Cicci, conciliante.

– Sí, sicuro. È solo perché lei è vecchia, e alle vecchie i lustrini stanno male. Le fanno ridicole, – sibila la Marisa, tornata biscia.

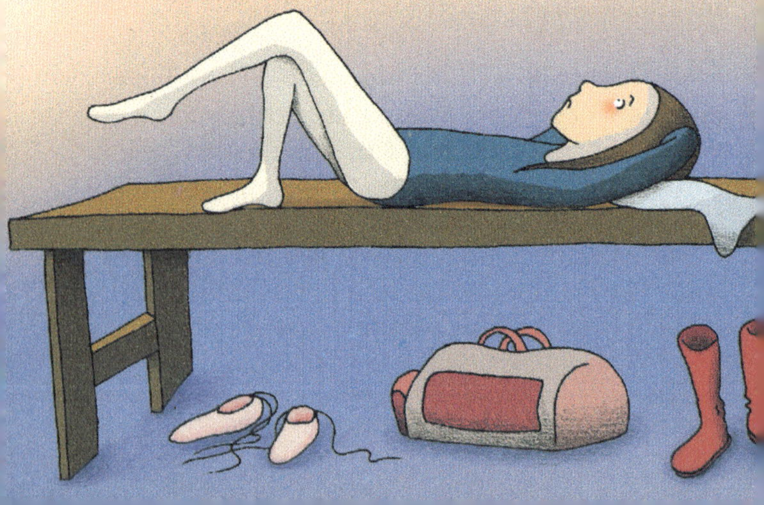

Olga non ha mai pensato che Madame sia vecchia, che possa esserlo. L'idea le attraversa la mente come una freccia, si conficca da qualche parte in fondo ai pensieri, suscita un vago fastidio. Comunque a lei non importa del tutú mancato: in realtà è esultante, anche se cerca di nasconderlo per non contraddire l'agitazione delle altre. La sbarra. Faranno la sbarra.

Adesso è piú tranquilla. Ci sono cose che sa e cose di cui ha bisogno. Gli esercizi alla sbarra li sa. La sbarra è una cosa di cui ha bisogno. Le due cose si fondono con un'armonia squisita, sorprendente. E pazienza per quei cinque minuti al centro: cercherà di cavarsela, di non combinare pasticci, per una volta penserà bene, molto bene, a quello che fa.

E cosí cominciano i giorni dell'attesa. È strano, fare qualcosa con un obiettivo preciso, e non perché si deve e basta, o per il gusto di farlo. Olga non sa se le piace. Forse, riflette raddrizzandosi le maniche della tutina che tendono sempre ad avvolgersi su se stesse, era meglio prima: un *plié* è un *plié*, e basta, non la concentrata dimostrazione di mesi di sforzi e fatiche per un pubblico che non ha la minima idea di cosa voglia dire piegarsi con misura, lasciarsi attrarre dal suolo e poi tornare su, lentamente, con la pura forza delle ginocchia. E di quanto ci voglia a ottenere quel disinvolto, morbido suegiú.

Allora cerca di non pensarci, al saggio, all'obiettivo. In fondo chi ci sarà? La mamma con uno dei suoi tailleur della festa che la imbarazzano perché quando li tira fuori dall'armadio sono sempre diventati troppo stretti o troppo corti o troppo lunghi o il colore è passato di moda, il papà con la sua voglia di scappar fuori a fumare e Giampiero sarà impossibile tenerlo fermo, darà fastidio, verrà una delle maschere – si chiamano cosí, quei bellissimi uomini con la divisa nera e oro e una catena che ricade sul petto – e lo butterà fuori, anzi no, lo chiuderà in una segreta molto umida, dove nessuno sentirà le sue urla e gli verrà la tosse degli asini.

E poi un mucchio di sconosciuti avidi, di bambine non ballerine che sul palco cercheranno solo difetti, guarda quella là che cicciona, quella invece sta sbagliando, lo vedi che sbaglia? Cerca di non pensarci, ed è come se il pensiero le scorresse via lungo la schiena e si infilasse in rivoli dentro i muscoli, sotto la pelle, disperso nel corpo che pensa adesso i suoi movimenti e va, va. Olga non se ne accorge, è troppo persa dentro quello che fa, ma le sopracciglia di Madame che la guarda disegnano un arco diverso da quello di sempre: un po' piú alto, un po' piú curioso.

Almeno le tutine

Almeno le tutine sono nuove. Quelle di tutto l'anno erano un po' strette un po' sbiadite, e cosí Aida ne ha tirato fuori un nuovo grumo da uno di quei suoi armadi magici, sospirando, e minacciando: – Dopo il saggio le voglio tutte qui. Guai a chi si sogna di portarsi a casa la sua. Sono proprietà della scuola, chiaro?

Queste sono di un rosa pallidissimo, come l'interno di una conchiglia. Tutto il resto sarà uguale a sempre. Calzine bianche, scarpette bianche.

– E che non vi venga in mente di comprarvele nuove, – dice Aida. – Cosí a settembre non vi vanno piú bene e le dovete buttare. Benedetti piedi, ma crescete solo lí? E la testa, eh, la testa?

La testa è fuori, fuori dai finestroni che si spalancano sempre piú spesso con la scusa di cambiare l'aria, ma è solo per lasciar entrare l'odore della primavera avanzata che è piú robusto di quello della città. Non è facile concentrarsi, anche se gli esercizi alla sbarra sono quelli che conosco-no meglio, ma proprio per questo è un attimo lasciar andare l'attenzione e pasticciare.

Madame pretende la perfezione per mezz'ora, poi si lascia cadere sulla panca, spossata, apre un enorme ventaglio nero e si sventola.

– Via, via, andate, – dice. – Fa troppo caldo per lavorare.

I giorni volano, il caldo continua, anzi, aumenta, e in un attimo arrivano le prove. Il teatro non è piú un luogo proibito, le bambine si ammucchiano nei camerini, divise per corso, e ogni corso a sua volta diviso in due, tre gruppi che tengono conto dell'ordine alfabetico e non di quello del cuore.

Olga si trova separata dalla Cicci nei momenti dei preparativi, quando sarebbe bello sistemarsi a vicenda le ciocche che sfuggono e scambiarsi i lucidalabbra miracolosamente ammessi assieme a un po' di kajal per fare gli occhi piú fondi.

– Che altrimenti con le luci in faccia sembrate delle talpe, – come dice la Sanchez senza alcuna pietà.

Ci siamo. Con la bocca alla fragola e il cuore che batte, Olga scivola fuori dal suo camerino e ha subito la sensazione che qualcosa non vada: i capelli che cascano? La tutina che tira sul sedere? No: si è dimenticata una cosa importantissima. Corre indietro, mentre la Sanchez raduna le altre come un gregge roseo e disordinato, scivola oltre la porta, un attimo, è già fuori, è con le altre.

Prima di disporsi dietro la sua quinta si china un attimo, come per accomodare il risvolto della calzina. Fatto. E poi vola in scena quando lo dice la musica, insieme a tutte le altre ma sola, ed è vero che le luci inghiottono lo sguardo, ma è solo un attimo, perché il corpo sa dove andare, sa come fare, non c'è bisogno degli adesivi fluorescenti a forma di mela e fragola che un'assistente ha disposto con precisione a formare linee e diagonali vagamente luminose. La sbarra è liscia, fresca; un appoggio, un punto di partenza. Il resto adesso non è piú fatica: è solo musica. L'anellino col cuore di Clemente le graffia un po' la caviglia, ma non fa male: c'è, proprio come lui. In certi momenti si ha bisogno di un po' di fortuna.

La mamma è nervosa

La mamma è nervosa. Nervosissima. Non riesce a stare seduta, non riesce a stare in piedi, si sposta da un punto all'altro della casa, sposta oggetti e poi non si ricorda piú dove sono. È oggi.

Oggi la scuola chiamerà per dire se Olga è stata ammessa al prossimo corso.

Olga ha appena finito di leggere un libro che non le è piaciuto. Parla di extraterrestri. Di futuro. Forse per questo non le è piaciuto, sospetta.

Gira alla larga dalla mamma, cerca di evitarla. Non vuole ascoltare le solite parole, che vanno dall'euforia alla depressione e poi ancora su, come le montagne russe: – Ma certo che ce la fai. Non ce la farai mai. Devi farcela.

È tutto l'anno che le sente. Non ne può piú. Tanto è già tutto successo. Bisogna solo aspettare.

Il saggio è andato bene. È durato troppo poco. Il rumore degli applausi è magnifico, acqua che corre. Dopo, fuori dal camerino, la mamma della Cicci ha portato due bouquet di roselline rosa identici, uno per sua figlia, uno per Olga.

– Siete state bravissime, – ha detto.

La mamma, la sua, si è un po' offesa per i fiori: – Non siete mica delle star, – ha detto, guardando altre bambine che sciamavano dall'ingresso degli artisti stringendo i loro mazzolini colorati. Ma si capiva che era dispetto, il suo, perché non era venuto in mente a lei, non sapeva che si usa cosí. Giampiero non è nemmeno venuto, è andato a giocare da un amico, sollievo; e il papà le ha detto: – Brava, – e basta, ma è bastato.

Olga non sa se diventerà una ballerina. Le torna in mente, come una visione, un lampo, l'assolo della Bruni spiato da dietro le quinte quel giorno che si è persa, come all'inizio della scuola, ed è finita in teatro, roba da farsi sospendere, ma quando ha spinto quella porticina arrugginita era già troppo tardi, ha seguito il groviglio di fili per terra come se fosse la traccia capace di portarla fuori da quel labirinto assurdo che è la sua scuola e si è ritrovata a spiare scorci di palcoscenico da un angolo lontano ma privilegiato, era come se fosse tagliato a fette, il palcoscenico, dalla geometria precisa delle quinte, e dritto davanti a lei c'era la Bruni che danzava, non ha capito subito che era lei, ha visto solo un prodigio di punte tese e gambe perfette e braccia soffici, ha dovuto aspettare che si fermasse, solo allora l'ha riconosciuta. Biancaneve nello sgabuzzino delle scope. La prima ballerina: un prodigio, giovanissima e già famosa.

Le piacerebbe che, come succede in certi libri (non di fantascienza), la Bruni fosse il suo angelo protettore, diventasse sua amica.

Ecco, adesso si volta, mi vede qui nascosta e dice al coreografo: – È lei, è la bambina di cui vi parlavo. Voglio che danzi con me.

E Olga esce dal suo nascondiglio e con un perfetto *pas de bourrée* le corre incontro e scivola dal buio intricato delle quinte alla luce assoluta, solare, accecante della scena, poi si ferma, si piega in un inchino, e la Bruni la prende per mano, ecco, e poi dice: – Musica, – e la musica ricomincia, questa volta non è un nastro, no, è il direttore che leva la bacchetta e subito l'orchestra, l'intera orchestra gli obbedisce, e questa musica vera è piú nuova, piú fresca, non si può non danzarla, e insieme, come se avessero provato un milione di volte, lei e la Bruni danzano, sono bravissime, tutto il teatro tace, trattiene il respiro, e alla fine esplode in un applauso che non finisce mai, perché non era una prova, era tutto vero.

Ma non è successo.

Olga guarda le scarpette sciupate che stanno lí sul letto, dove di solito le scarpe non devono essere, come a ricordarle la solennità del momento. Le dispone come le lancette di un orologio: tre e mezza, nove e un quarto, mezzanotte e tre quarti. Il bianco della pelle agli orli è grattato, sotto è grigio. La tutina a settembre non le andrà piú bene, già tira, sarà da cambiare.

L'Aida brontolerà:

– Crescete come funghi –. Brontolerà anche per lei, con lei?

E poi, fortissimo, sale dalla finestra aperta l'urlo di Clemente: – Olga! Vieni giú a giocare!

Olga corre fuori dalla sua stanza, fuori dalla porta che le sbatte alle spalle, non sente nemmeno il rimprovero della mamma, non sente lo squillo del telefono, o forse lo sente, anzi, sí, l'ha sentito ma scappa via, via, in fuga giú per le scale, fuori, fuori, scivolone sul marmo dell'atrio, altre scale, la porticina sul retro sbatte anche quella. La luce la acceca, lei strizza gli occhi, si porta una mano alle sopracciglia, come un capitano, un pirata. Il cortile è pieno di sole e di polvere.

Ma sí. È estate. È vacanza. C'è tempo, per diventare. Adesso Olga vuole soltanto essere.

Indice

Olga in punta di piedi

Einaudi Ragazzi

Storie e rime

1 Mario Lodi, *Bandiera*
2 Mario Lodi e i suoi ragazzi, *Cipí*
4 Mario Rigoni Stern, *Il libro degli animali*
5 Leo Lionni, *Le favole di Federico*
7 Gianni Rodari, *Prime fiabe e filastrocche*
8 Roberto Denti, *Orchi Balli Incantesimi*
9 Gianni Rodari, *La torta in cielo*
13 B. Munari/E. Agostinelli, *Cappuccetto Rosso Verde Giallo Blu e Bianco*
14 Gianni Rodari, *Favole al telefono*
15 Lella Gandini, *Ambarabà ciccí coccò*
16 Jean de La Fontaine, *Favole*
17 Gianni Rodari, *Il libro degli errori*
19 Mario Lodi, *Bambini e cannoni*
20 Gianni Rodari, *La gondola fantasma*
24 Gianni Rodari, *Fiabe e Fantafiabe*
25 Francesco Altan, *Kamillo Kromo*
28 *La storia di Pik Badaluk*
30 Sempé, *Marcellino Rossetti*
32 Gianni Rodari, *Gli affari del signor Gatto - Storie e rime feline*
33 *Favole di Esopo*
34 Gianni Rodari, *Novelle fatte a macchina*
35 Pinin Carpi, *C'è gatto e gatto*
36 Jill Barklem, *Il mondo di Boscodirovo*
38 Gianni Rodari, *Storie di Marco e Mirko*
39 Gianni Rodari, *Le favolette di Alice*
40 Lella Gandini, *Chicchirichí le tre formiche*
43 Nico Orengo, *Canzonette*

44 Gianni Rodari, *Zoo di storie e versi*
45 Bianca Pitzorno, *L'incredibile storia di Lavinia*
46 Nicoletta Costa, *Gatti Streghe Principesse*
47 Pinin Carpi, *Nel bosco del mistero - Poesie, cantilene e ballate per i bambini*
48 Leo Lionni, *Pezzettino e altre storie*
49 Gianni Rodari, *Versi e storie di parole*
52 Gianni Rodari, *I viaggi di Giovannino Perdigiorno*
53 Roberto Piumini, *Fiabe per occhi e bocca*
54 L. Gandini/R. Piumini, *Fiabe lombarde*
55 Gianni Rodari, *Il gioco dei quattro cantoni*
56 L. Gandini/R. Piumini, *Fiabe siciliane*
57 Gianni Rodari, *Il Pianeta degli alberi di Natale*
59 Bianca Pitzorno, *Streghetta mia*
60 Angela Nanetti, *Le memorie di Adalberto*
62 Raymond Briggs, *Babbo Natale*
65 Gianni Rodari, *Filastrocche in cielo e in terra*
67 Beatrice Solinas Donghi, *Quell'estate al castello*
69 Gianni Rodari, *Marionette in libertà*
70 Gianni Rodari, *Il secondo libro delle filastrocche*
72 Roberto Piumini, *Dall'ape alla zebra*
74 Gianni Rodari, *Altre storie*
75 Jill Barklem, *Un anno a Boscodirovo*
76 *Storie di paura*
77 Gianni Rodari, *Agente x.99: storie e versi dallo spazio*
79 Roberto Piumini, *Lo stralisco*
80 Colin e Jacqui Hawkins, *Storie di mostri e di fantasmi*
81 Gianni Rodari, *Fra i banchi*
82 Wilson Gage, *Le storie di Matilde*
84 Roberto Piumini, *Mattia e il nonno*
86 Roberto Piumini, *Motu-Iti - L'isola dei gabbiani*
87 Gianni Rodari, *C'era due volte il barone Lamberto*
94 Roberto Piumini, *Denis del pane*
95 L. Gandini/R. Piumini, *Fiabe toscane*
96 Angela Nanetti, *Mio nonno era un ciliegio*
97 Pef, *Storie strampalate*
98 Giulio Lughi, *Un giorno a scuola*
99 Mino Milani, *La storia di Tristano e Isotta*
101 Roberto Piumini, *Il segno di Lapo*

102 Mino Milani, *La storia di Dedalo e Icaro*
104 Roberto Piumini, *Zineb e i pirati*
106 Daniel Pennac, *Kamo - L'agenzia Babele*
107 Christine Nöstlinger, *Come due gocce d'acqua*
109 Jackie Niebisch, *Il collegio dei vampiretti - Il finto vampiro*
111 Mino Milani, *La storia di Ulisse e Argo*
112 Lella Gandini, *Ninnenanne e tiritere*
113 Christine Nöstlinger, *Mamma e papà, me ne vado*
114 Nicoletta Costa, *Storie di Margherita*
115 Pinin Carpi, *Il mare in fondo al bosco*
116 Ian McEwan, *L'inventore di sogni*
117 *Storie di papà*
118 L. Gandini / R. Piumini, *Fiabe venete*
119 Beatrice Solinas Donghi, *Il fantasma del villino*
124 Mino Milani, *La storia di Orfeo ed Euridice*
125 Jackie Niebisch, *Il collegio dei vampiretti - Il concorso mostruoso*
126 Daniel Pennac, *L'evasione di Kamo*
127 S. Bordiglioni / M. Badocco, *Dal diario di una bambina troppo occupata*
128 Erwin Moser, *Minuscolo*
129 Roberto Piumini, *La leggenda di Gagliaudo*
130 Susie Morgenstern, *Prima media!*
131 N. Caputo / S.C. Bryant, *Storie e storielle*
132 Sabina Colloredo, *Il bosco racconta*
133 Roberto Piumini, *L'oro del Canoteque*
134 Christine Nöstlinger, *Anch'io ho un papà*
135 Stefano Bordiglioni, *Non dirlo al coccodrillo - Gli animali nel mondo dei bambini*
136 Luciano Comida, *Viviana Gions e le Quattro Tonsille*
137 Roberto Piumini, *La casa arancione*
138 Donatella Ziliotto, *Trollina e Perla*
139 Pinin Carpi, *La regina delle fate*
140 Erwin Moser, *Manuel e Didi - Avventure d'inverno*
141 Stefano Bordiglioni, *Scuolaforesta*
142 G. Quarzo / A. Vivarelli, *Amico di un altro pianeta*
143 Jackie Niebisch, *Il collegio dei vampiretti - L'esame*
144 Antonella Ossorio, *Quando il gatto non c'è i topi ballano*
145 Angela Nanetti, *Ofelia, vacci piano!*

146 Mario Rigoni Stern, *Il sergente nella neve*
147 Christine Nöstlinger, *La famiglia cercaguai*
148 Daniel Pennac, *Io e Kamo*
149 Thomas Tidholm, *Arturo e Babà*
150 Oscar Wilde, *Il fantasma di Canterville*
151 N. Caputo / S.C. Bryant, *Storie per tutti i giorni*
152 Mino Milani, *La storia di Enrico VIII e delle sue sei mogli*
154 S. Bordiglioni / C. Arrighetti, *Sebastiano e i sogni*
155 John Ruskin, *Il Re del Fiume d'Oro - Leggenda della Stiria*
156 Isaac Bashevis Singer, *Una notte di Hanukkah*
157 *Storie per tutte le stagioni*
158 Roberto Piumini, *Giulietta e Romeo*
159 Stefano Bordiglioni, *Scherzi. Istruzioni per l'uso - 52 modi per cacciarsi nei guai*
160 Anne Fine, *Il diario di Jennifer*
161 Daniel Pennac, *Kamo - L'idea del secolo*
162 Erwin Moser, *Manuel e Didi - Avventure di primavera*
163 Roberto Piumini, *Tutta una scivolanda*
164 Rudyard Kipling, *Rikki-tikki-tavi*
165 Luciano Comida, *Un pacco postale di nome Michele Crismani*
166 Roberto Piumini, *Tre sorrisi per Paride*
167 Klaus-Peter Wolf, *Piero e Pierino*
168 Walter de la Mare, *Il Re Pesce*
169 *Do re mi fa - Poesie e filastrocche a volontà*
170 Stefano Bordiglioni, *Guerra alla Grande Melanzana*
171 Wilhelm Hauff, *Piccolo Nasolungo*
172 Angela Nanetti, *Angeli*
173 Erwin Moser, *Manuel e Didi - Avventure d'autunno*
174 L. Gandini / R. Piumini, *Fiabe del Lazio*
175 Sarah Orne Jewett, *L'airone bianco*
176 Sabina Colloredo, *Un'estate senza estate*
177 Luciano Comida, *Michele Crismani vola a Bitritto*
178 Klaus-Peter Wolf, *Piero e Pierino innamorati cotti*
179 J.J. Sempé / R. Goscinny, *Le vacanze di Nicola*
180 Hans M. Enzensberger, *Il mago dei numeri*
181 Louis Pergaud, *La guerra dei bottoni*
182 Bernard Clavel, *Il castello di carta*
183 S. Bordiglioni / R. Aglietti, *Teseo e il mostro del labirinto*
184 Nico Orengo, *L'allodola e il cinghiale*

185 Sebastiano Ruiz Mignone, *Il cavalier vampiro*
186 Eleanor Farjeon, *Elsie Piddock salta nel sonno*
187 Michel Lucet, *Una trappola in bocca, ovvero Le avventure di Cristina Boccaspina e del suo apparecchio dentale*

Einaudi Ragazzi

Lo scaffale d'oro

Gianni Rodari, *La torta in cielo*
Mario Lodi e i suoi ragazzi, *Cipí*
Gianni Rodari, *Favole al telefono*
Gianni Rodari, *Il libro degli errori*
Roberto Piumini, *Lo stralisco*
Gianni Rodari, *C'era due volte il barone Lamberto*
Lella Gandini, *Filastrocche*
Mario Lodi, *Bandiera*
Gianni Rodari, *Prime fiabe e filastrocche*
Bianca Pitzorno, *Extraterrestre alla pari*
Gianni Rodari, *Storie di Marco e Mirko*
Bianca Pitzorno, *L'incredibile storia di Lavinia*
Bruno Munari - Enrica Agostinelli, *Cappuccetto Rosso Verde Giallo Blu e Bianco*
Nicoletta Costa, *C'era una volta la nuvola Olga*
Jean Jacques Sempé - René Goscinny, *Le vacanze di Nicola*
Bianca Pitzorno, *Streghetta mia*
Gianni Rodari, *Filastrocche in cielo e in terra*
Daniel Pennac, *Kamo - L'agenzia Babele*
Gianni Rodari, *Il pianeta degli alberi di Natale*
Pinin Carpi, *Il mare in fondo al bosco*
Gianni Rodari, *Novelle fatte a macchina*
Nico Orengo, *A - ulí - ulé*
Gianni Rodari, *Il gatto in gondola*
Francesco Altan, *In barca con Nino*
Daniel Pennac, *L'evasione di Kamo*
Ian McEwan, *L'inventore di sogni*
Lella Gandini, *Ninnenanne e tiritere*
Henriette Bichonnier - Pef, *Storie da ridere*

Agostino Traini, *Mucca Moka, sei grande!*
Gianni Rodari, *Bolle di sapone*
Jean Jacques Sempé - René Goscinny, *I divertimenti di Nicola*
Sabina Colloredo, *Il bosco racconta*
Anthony Browne, *Orsetto e matita*
Roberto Piumini, *Mattia e il nonno*
Angela Nanetti, *Angeli*
Stefano Bordiglioni, *In crociera con Noè. Filastrocche per ridere*
Isaac Bashevis Singer, *Una notte di Hanukkah*
Angela Nanetti, *Mio nonno era un ciliegio*
Daniel Pennac, *Io e Kamo*
Gianni Rodari, *Fra i banchi*
Axel Scheffler, *L'erba del vicino... - Proverbi da tutto il mondo*
Roberto Piumini, *Giulietta e Romeo*
Rime per tutto il giorno
Marion Söffker, *Aggiungi latte e mescola*
Jean Jacques Sempé - René Goscinny, *Le trovate di Nicola*
Sigrid Heuck, *Storie sotto il melo*
Mino Milani, *La storia di Dedalo e Icaro*
Gianni Rodari, *Fiabe e Fantafiabe*
Roberto Piumini, *C'era una volta, ascolta*
H.A. Rey, *Le avventure di Curious George*
Daniel Pennac, *Kamo - L'idea del secolo*
Hans Magnus Enzensberger, *Il mago dei numeri*
Storie di streghe, lupi e dragolupi
Sophie Arnould, *101 Filastrocche e raccontini di campagna per scoprire la natura*
Jean Jacques Sempé - René Goscinny, *Gli amici di Nicola*
Sergueï Kozlov, *Il Riccio e i suoi amici - Racconti per i dodici mesi dell'anno*
Roberto Piumini - Emanuela Bussolati, *Fiabe per occhi e bocca*
La cicala e la formica e altre favole di animali, riscritte da Graham Percy
Boschi e foreste incantate, a cura di Mary Hoffman
Erwin Moser, *La barca dei sogni - Storie della buonanotte*
Penne, matite e astucci - Storie di scuola
Favole di Esopo
Roberto Piumini - Francesco Altan, *Mi leggi un'altra storia?*
Raccontini strampalati e divertenti

Sergueï Kozlov, *L'orsetto e il riccio - Storie dal profondo della foresta*
Graham Percy, *Re, papere e rape*
Mino Milani, *La storia di Tristano e Isotta*
Era una notte buia e tempestosa, a cura di Arnhild Kantelhardt
Le vacanze di Matilde
Giardini e castelli fatati, a cura di Mary Hoffman
Martina Gürth, *Che succede nel bosco di notte?*
Mino Milani, *La storia di Ulisse e Argo*
Erwin Moser, *Il gatto ha trovato qualcosa - Storie nella fattoria*
Stefano Bordiglioni - Manuela Badocco, *Dal diario di una bambina troppo occupata*
Pef, *Gli uomini rossi*
Ingo Siegner, *Nocedicocco - Draghetto sputafuoco*
Stefano Bordiglioni, *Scuolaforesta*

Einaudi Ragazzi

Pesci d'argento

Tony Mitton, *Prugna*
Un salto e tocchi il cielo, a cura di Fiona Waters
Carol Ann Duffy, *La giovane piú vecchia del mondo*
Roger McGough, *Gattacci*
Nel buio splendeva la luna, a cura di Edmund Jacoby
Terra gentile aria azzurrina, a cura di Daniela Marcheschi
Tutto l'amore che c'è, a cura di Daniela Marcheschi

Finito di stampare nel mese di febbraio 2003
per conto delle Edizioni EL
presso G. Canale & C. S.p.a., Arese (Mi)